台灣阿嬤好生活

碧山巖下樂齡誌

王素真——著

序一
有心又有力，長青好模範

　　王老師是個熱情有勁，充滿生命熱力的好老師、好主任、好媽媽、好阿嬤，現在她退而不休，仍秉持「健康、美麗、回饋」的生活態度，繼續為學校、為家庭、為社會在努力奉獻，廣受親友、師生歡迎。王老師樂於分享她的退休心得、鄰里關懷與家庭經營，今年她的「台灣阿嬤」系列出版續集，個人有緣得以先睹為快，特為序推薦，長青一族要養老，想「安居樂業，樂活人生」，應該如王老師一般，這麼過活兒。

　　我自民國八十年（1991）調任復興劇校伊始，與王老師相識近三十年矣。她無論在輔導室、教務處、研推處擔任主任，或在校長室任秘書，課堂授課、辦理行政、諮商輔導，始終兢兢業業、效率極佳、迭有佳績。記得初識王老師時，戲曲學校尚無輔導制度、也無專業輔導人員，她獨力研擬、建構學校短中長期輔導計畫與輔導制度，主動利用晚自修時間，逐班逐級做團體輔導與個別諮商，並

開辦輔導室「湖心月刊」、帶領學生協同編採撰稿，參與刊物競賽年年獲獎，學生有參與感、也有了成就感與榮譽感，給學校帶來新氣象，連校園氛圍都改變了。那時候全校學生四百人，王主任熟稔到從背影就可喊出每個孩子姓名，甚至假日裡還帶著不能回家的孩子和她的孩子一同到中影文化城遊玩，連過農曆新年都還有孩子去寄居哩。王主任對教育的認真與愛，學生絕對感受得到，她做事，校長自然放心百分百。

個人在復興六年校長任內，王主任一直是我不可或缺的左右肱股，不僅頭腦清晰，而且動作迅捷；曾經有上午九時接獲教育部通知，下午二時需到部簡報學校改革計畫，十時秘書室研議簡報主題方向，十一時王主任帶著秘書室秋容小姐，一邊撰稿一邊繕打，一邊吃便當一邊潤稿修正，下午一時，熱騰騰的三千字口頭報告文稿，與圖文並茂的五十頁多媒體簡報PPT檔案，印刷精緻且裝訂完成，讓校長帶著出發上路！在學校，我們一起打過類此的立法院備詢、審預算，教育部提案、兩校合併升格等等征戰無數，王主任的熱力四散，快筆與專業，絕對是源自其熱血與熱情。

在復興劇校完成升格改制戲曲專校定案之時（1998.01.01），我提早退休轉往華視教學部任職，隨後又出掌台中新民高中與台北華興中學兩校校務，前後十四年；這其間，王主任也轉往國立三重高

中與台北市南湖高中服務，直到退休後再回戲曲學院兼課，我們仍時有往來，關係密切，我見到她始終保持一樣的教育熱忱與愛的堅持，著實令人敬佩，是我二十年校長生涯裡的最佳戰友之一。

當然，王主任在學校服務認真、堅持，回家後，其家庭經營也是有聲有色，眾人有口皆碑的，關懷公婆尊長，照顧夫婿、兒女、乃至孫輩，海內海外奔忙不已，賢妻良母兼好媳婦兒，早就是內湖碧山巖下的好榜樣了。在王主任2015年底出版的台灣阿嬤第一集《台灣阿嬤萬里單飛美國行》，和她與夫婿黃將軍合著的《落番與軍眷—陸軍副司令黃奕炳的金門故事》兩冊專著已聲名遠播，備受肯定。

我瞭解王主任過年過節總會遠赴印尼陪侍公婆，或與老人家出外家庭旅遊，平日還會定期寄送保健食品與衣物用品，給海外的老老小小，她經營家庭細心又周到，噓寒問暖的關心，何止是晨昏定省而已？愛自己，愛家人，也愛周遭的親朋好友。尤有甚者，她還為鄰居好友們辦旅遊，暑假金門戰地閩南文化三日遊、金秋十月台東池上看稻浪；還有不同時期的不同群組伙伴定期相聚，愛會蔓延，愛會擴散，退休就是要有伴兒同行，一起品味愜意的生活。我想，就是要和王主任一樣，如此地「有心又有力」，才能活出自在又精彩的退休生活吧。

《台灣阿嬤好生活：碧山巖下樂齡誌》寫的正是王主任的退休心得，有碧山巖下老鄰居的婚姻故事，有各家退休生活經營：有提筆揮毫鑽研彩墨書畫的（戲曲學院長青學苑書畫班），有蒐集藝品怡情養性的（各色關公雕塑與鴨類蒐藏），有學種菜栽果養殖兼養蜂的（碧山巖上闢建開心農場）……，還有王主任個人的運動養生體驗與旅遊見聞，以及深入又有見地的所見所思分享，台灣阿嬤的退休生活可謂健康且豐富，積極又有活力，銀髮人生當如是，大家可以參考辦理，「長青樂活天地闊，碧山巖下好生活」，果真好福氣啊。

國立台灣戲曲學院（國立復興劇校）前校長

陳守讓

序二
我的六十巷芳鄰：
無齡樂，樂逍遙

因緣際會碧山巖下

人生的際遇，真的就是個「緣」。

我們會搬到碧山巖下六十巷，是一個非常偶然的機緣。民國七十八年八月，內人素真由三重商工職校調職到內湖碧湖畔的復興劇校（現已升格為國立台灣戲曲學院），擔任輔導老師。她每日由三重忠孝路的住家到內湖上班，往返費時費力，為了節省時間並免搭車轉車之苦，她騎機車從三重過台北橋、走民權西路、民權東路，單趟直線距離十八公里。不意50cc的小機車在龐大車流中，被迫在車縫裡左閃右躲，險象環生，甚至有一次在停等紅燈時，被大機車的排氣管燙傷，另有一次被大車逼車摔倒受傷。暑假八月份才

上班就發生兩次事故，我心疼之餘，覺得安全第一，應該儘快搬家到劇校附近。

　　但搬家到內湖的過程並不順利，原先找了劇校旁邊一七九巷眷村改建的國宅，不料被熟人設圈套損失斡旋金五萬元，生一肚子悶氣，後來還動員了父親和老岳母當尋屋顧問，尋尋覓覓，最後終於落腳碧山巖下的公寓，內湖路三段六十巷，也認識了巷子裡的原住戶芳鄰們，彼此朝夕隔鄰相處、聲氣相通、相互照應，真正體會到「遠親不如近鄰」的道理，「千金買厝，萬金買好厝邊」，一點兒也不假。

　　內湖路彎彎曲曲，綿亙十幾公里，是上尖頂（碧山巖）、開漳聖王廟、金龍寺必經的古道，已有二百餘年歷史。內湖路從自強隧道開始，一段有四線道，二段是兩線道，過了茶行的三段，路幅狹窄比一般巷子寬不了多少，甚至無法會車。而我們六十巷就靜靜隱沒在舊稱「尖頂」的碧山巖山路東側，是一條靜謐安詳的小巷子。巷道起始是「周胖子水餃店」（現已遷走），接著是土地公廟與社區公園，後面有「森之林」社區大樓，期間聚落都是民國七十年代所建的五層樓公寓和眷舍改建的國宅。我們住家鄰近攤位稀稀落落的碧山市場（正方形連棟公寓的地下室），左近的土地公廟香火鼎盛，金龍公園花木扶疏，再往裡走的黃昏市場傍晚時分人聲鼎沸，

居家生活很便利。此間居民絕大多數是單純的上班族，朝九晚五，早出晚歸，早上趕上班，傍晚各方人馬倦鳥歸巢，家家燈光亮起、飯菜飄香，平常日白天就非常安靜，有如村野的寧靜，只差沒有雞犬相聞。

多元融合尖頂家族

住進碧山巖下六十巷，發現社區環境清靜、單純，大家都滿足於此一安身立命的好所在，無論族群、宗教信仰、從事的行業和政治傾向，林林總總，可以說是台灣社會具體而微的縮影。

巷子裡的鄰居背景非常多元，有在地的劉姓、郭姓、葉姓……等「原住民」旺族，有中南部上來到台北打拚的「下港人」，有台北縣市松山或瑞芳等地移居過來的，也有民國三十八年才隨中央政府播遷來台的外省人「新住民」，當然，也有像我這種外島來台就學就業、娶妻生子，落地生根的「番薯仔」。基本上大家相處融洽，並不在乎誰來自那裡，我們只管現在和以後彼此都是「內湖人」。

在宗教信仰上，芳鄰們有虔誠的基督徒、天主教徒、佛教徒，更多的是崇信開漳聖王、土地公和媽祖、關聖帝君……等傳統信仰

的善男信女，阿雲姊姊的老公「偶將」蔡先生就是內湖尖頂名剎開漳聖王廟的頭家之一呢。大夥從事的行業也包羅萬象，士農工商、軍警、公務員都有，譬如：我們樓上住的是已經退休的建國中學英文老師王爺爺（綏遠人）、王奶奶（江蘇人），一牆之隔和同棟五樓都是在銀行上班捧金飯碗的夫妻檔，林先生夫婦以及廖先生伉儷（都是雲林人）；隔巷對面，住有開工廠的林伯伯，在報關行工作的黃伯伯，教珠算的丁老師、軍職轉公務員退休張伯伯（江西人）、專業計程車駕駛張媽媽，以及巷子口的郭代書、胡醫師，賣雞鴨的阿雲姊姊，理髮的梅子小姐，還有專業褓母的劉媽媽、林媽媽……，當然還有一群勞苦功高、默默在家相夫教子的專職家庭主婦，她們可是「撐起半邊天」的家庭主力、社會中堅呢。

　　芳鄰們的政治傾向上，平時很難看得出來，只有選舉被動員時，才能查覺到從深藍到深綠各有偏好，在那段選舉期間，巷子裡氣氛比較詭異，有點諜對諜的感覺，各自在陽台插著鮮明旗幟者有之，也有奔走助選忙著發傳單者，但彼此間倒有默契相互尊重，各擁其中意者，到了選舉結果揭曉，事過境遷，便願賭服輸相安無事。所以，後來索性相當有默契的，大家在聚會時，絕口不提政治。彼此心知肚明：政治是一時的，鄰里數十年相守，情誼是永遠的，激情過去，平凡的日子還是要一起渡過，何必像枱面上的政治

人物「割喉割到斷」，纏鬥不休，不是你死，就是我活，小老百姓在政治上的雅量與智慧，恐怕不是政客們所能比得上的。

芳鄰相親情勝手足

由於我羈身軍旅，常年不在家，內人在學校教書，早出晚歸，剛搬到六十巷時，與鄰居們並沒有很密切的互動，直到么兒小多出生，就近找了專業的劉媽媽當褓母，才漸漸融入六十巷「尖頂家族」的圈子裡，深有芳鄰相親，更勝手足之感。印象深刻的，諸如小皮女兒早晨起晚了，急得哇哇叫，專業計程車運將張媽媽立馬即刻救援，上學免遲到；大寶女兒聯考成績不如己意，一回家懊惱地踢踹落地玻璃大門，劉媽媽便趕忙過來安慰，帶她出去吃大餐；還有小多二歲多時，把自己反鎖在浴室出不來，勞駕劉爸爸爬氣窗解救，小多從小就是六十巷一條街的公子，吃遍每一口灶，一直被大家照顧著。

凡此林林總總，巷子裏，彼此互相關照，不論婚喪喜慶，或是那一家人有急難、病痛，大家都會儘快出面協助。鄰近幾個巷道的「鄰長」林媽媽古道熱腸，熱心公益，勤於奔走鄰居間協調聯絡，因此我們都尊稱她為「班長」而不名。過年過節，經常在「班長」

招呼下，或烤肉或聚餐，大夥兒一家各出一、兩道菜，在巷道內擺起長桌子和板凳，各家媽媽們大展廚藝，拿出自己的絕活菜色，無論台灣小吃、江浙菜肴，甚至日本料理，一應俱全堆滿桌子，香氣四溢，引得大家食指大動，我們家太太因為對烹飪較不在行，且家事、公務兩頭忙，便只好以涼拌菜或水果聊表心意共襄盛舉了。飯後，大人們或就地泡茶、小酌，大擺龍門陣，或到林媽媽家唱卡拉OK。小孩們吃飽後，或依不同年齡層，在附近蝟集閒聊扯皮，或跑回家看電視。這種在鄉間聚落才看得到一團和氣，敦親睦鄰的情景，居然會出現在都會區的台北市（雖然不是市中心），倒也挺為罕見。

碧山巖下情深深

六十巷在碧山巖山腳下，離舊礦坑步道（現已開闢為碧湖步道）、鯉魚山、大溝溪生態公園都很近，也與金龍寺、忠勇山、圓覺寺近在咫尺。鄰居們都養成早起爬山的習慣，往往天色微露曙光，不待招呼吆喝，便自動三五成群，沿著幾條登山步道攻頂。到了山頂，或在忠勇山練功、做早操，或在開漳聖王廟的觀景前埕，俯瞰沉浸在晨曦中的台北盆地。

1	
2	3
4	5

〔1〕湖光山色，大湖全景

〔2〕大湖公園散步心情好

〔3〕碧山巖宏偉山門入口

〔4〕碧山巖鳥瞰台北盆地

〔5〕碧山巖是台北美麗的後花園，
　　登山步道一景

郭代書夫人麗華的娘家簡氏家族，世居碧山巖白石湖吊橋附近，他們夫妻倆就在自家的山坡地，用最環保的方式，開闢了一個小而美的有機農場，養雞養鴨養鳥還養蜂，還種菜蒔花栽種果樹，不灑農藥，不講求收穫，蔬果任憑昆蟲、鳥類啄食，數百平方米的園圃，地方雖然不大，生態卻非常豐富，有藍鵲、獨角仙、松鼠……等等。鄰居們經常獲邀或順道造訪，喝茶小坐，臨走還可以帶上一小盒土雞蛋、幾把有機蔬菜，甚至一袋當令的番石榴、小番茄、桑椹等水果呢！

　　鄰居們也經常相約出遊，光是到金門旅遊就有兩次，一次是我在小金擔任烈嶼守備區指揮官時（1999），他們組成十六人團到金門遊覽，特別專程到小金門來慰問我這個戍守離島、已經數月有家不歸的阿兵哥。另外一次，是我退伍兩年、在汶浦水岸的家族故事館「思源第」落成後（2016），鄰居倡議來金道賀，全巷子參加人數多達三十幾位，陣容龐大，雖然時值盛夏，天候酷熱，但一點也不影響大家的興致，盛情感人，事後還相約擇期舊地重遊，做深度之旅。第一次的金門之旅，經由我大力推薦，大夥兒愛上金門甕裝的大麴高粱酒，三十年來，各家的「消耗量」頗巨，也都有不少的藏酒。記得曾有一次因為多位鄰居酒窖告罄，需酒孔急，十萬火急打電話到高雄，央請我緊急調度採購，情急之下，還驚動了我時

任金門酒廠廠長的國中老同學，才順利解決問題。現今的社會流行「愛台灣」、「愛金門」口頭禪，但要像我們芳鄰們這樣默默拚經濟才是愛鄉土吧！哈哈！

在全台風行唱卡拉OK的年代，巷子裡趕流行，一點也不落伍。林伯伯和胡醫師家都有頗具水準的伴唱機，很新穎的伴唱帶和流行CD，芳鄰的男男女女都練就一身好歌喉，人人都有自己擅長的曲目，尤其是幾位媽媽們唱起〈雪中紅〉、〈傷心酒店〉、〈雙人枕頭〉、〈家後〉、〈車站〉……等當年風靡一時的閩南語歌曲，唱作俱佳，已經具備專業水準。記得有一年「開漳聖王」神祇聖誕，鄰居「偶將」蔡先生輪值慶典祭祀的頭家，在碧山巖的地下室辦流水席外燴，廣邀六十巷兄弟姊妹們前往捧場，酒過三巡，彼此開始軋歌。那年代，無論那一幫的婆婆媽媽、阿公阿伯，歌藝多數練過（不像我是「一曲歌王」，一首「榕樹下」走遍天下），唱著唱著，我們巷道便與另外一波賓客軋上了，你來我往，一首接一首，幾乎不分軒輊，最後，「我方」以黃媽媽和劉媽媽合唱「雪中紅」，林媽媽伴舞，技壓群雄，完勝！這一幕直到現在，大家還津津樂道呢！

無齡樂，樂逍遙

時光荏苒，歲月無情，我們與六十巷鄰居們的情緣已經快要三十年了！眼看著大家由年華繁茂的盛年，逐漸兩鬢飛霜、步上樂齡。不過大夥兒雖然幾乎都已退休，但我們不知老之將至，我們過的是「無齡樂，樂逍遙」的日子。大家酒量退步了，歌聲沙啞了，爬山改成健走，聊天的話題改了，展示的照片不再是兒女讀書、結婚的照片，而是含飴弄孫的情景。

而且，大家退而不休，有些人本著活到老學到老的精神，到長青學苑進修，學習年少時期有興趣卻無法如願的知識或技藝，黃媽媽學國畫的花鳥，黃伯伯學書法，其天分和努力程度，都獲得老師高度的肯定；劉媽媽繼續她專業褓姆的在職進修，何時卸下工作並不重要，重要的是做一行像一行，專業是否能不負所託；胡醫師依然南北奔波，往來台北、台中，從事他的醫務工作；郭代書除了事務所的業務，也沒有荒廢他的有機農場……至於其他芳鄰，各忙各的，沒有人「英英美代子」賦閒在家，而外界擾擾攘攘的狀況，似乎並未給大家帶來很大的困擾，因為這群三、四年級、隱身在都市一角的兄弟姊妹們，都曾經走過台灣艱困的年代，他們曾經是台灣社會穩定的基礎，現在和未來，也會是年輕一輩奮鬥不懈、向上發

展最有力的支持力量。

　　有緣千里來相會。啊，我愛芳鄰，芳鄰愛我，我們碧山巖下「尖頂家族」真真好樣兒的，內舉不避親，內人王素真老師出版《台灣阿嬤好生活：碧山巖下樂齡誌》，正是尖頂家族兄弟姊妹們的樂齡生活實錄，溫馨有情，深刻有心，特此推介分享。祝福大家無齡樂，樂逍遙。

黃奕炳

CONTENTS

輯一
碧山巖下好姻緣

阿公阿嬤的壓箱底故事

健康活力、優雅自在的快樂

輯三 碧山巖下親子緣

牽牽掛掛，親子永世情緣

懷抱寧靜的心，微笑向前

碧山巖下好姻緣

阿公阿嬤的壓箱底故事

內湖碧山巖下巷弄裡，從民國七十一年（1982）公寓興建竣工後，吸引大家入駐，因緣際會，這群人來自台灣南北、本省外省、族群融合；大家信仰儒釋道、基督與天主，各拜其神、敬天法祖；彼此數十載比鄰而居，情逾手足，安居樂業、相互提攜、和樂融融。

這群老鄰居為珍惜芳鄰情緣，發揮社區守望相助精神，彰顯現代台灣鄰里小民社會特色，二十年前組織「十全十美好鄰居」組合，常在中秋年節巷弄擺桌聚會，互通有無，鄰里會餐；也曾在暑假（2016/07/29-31）辦理鄰里好友金門訪問團，並特別命名「尖頂家族」，因「尖頂」乃碧山巖之舊名也；眾人並配合網路聯繫便利，更於通訊軟體LINE中組成「尖頂家族」群組，以跟上時代腳步。

「尖頂家族」，一群台北內湖碧山巖下的老鄰居，走過歲月，從年少到青壯以至白了頭，他們認真生活的奮鬥歷程，卻也是台灣現時社會的小縮影，以小見大、見微知著，可以從這些阿公阿嬤的壓箱底故事，見證台灣小民的生命一斑，值得載入史冊「地方志」裡成一章以流傳供參。

從礦坑到內湖來造福

　　內湖碧山巖下「尖頂家族」好鄰居裡，有對模範夫妻，黃伯伯清吉兄與黃媽媽淑藻，他倆伉儷情深，是台灣這一甲子以來勤懇樸實、胼手胝足、從無到有、努力奮鬥的小人物典範，也是台灣社會發展的小見證。不過，黃伯伯可欠了黃媽媽一場婚禮，從民國六十年（1971）直到今天，都快半世紀了，一直還沒兌現！這故事要從頭說起：

從山上到海邊，姻緣天註定

　　黃伯伯清吉兄老家在瑞芳大粗坑，就是九份山上再往裡步行一小時的礦區，全村有三百戶人家，民國六十年以後已不再開採金礦，現有「九份黃金博物館」就在那兒，知名導演吳念真就是黃伯伯同村子的小同鄉。清吉兄的父親是礦工，一生採礦，養育一家妻小四子二女，住的是礦區的土角厝，生活艱辛，民國六十年才五十四歲壯年就因肺癌病歿，天不假年，殊為遺憾。

　　清吉兄是家中長子，從小就知曉必須奮鬥開創未來，要自立自強，不能困守礦區；民國五十年代，他下山就讀基隆水產專校，

二年半在校學習、外加半年實習，他被分派到貢寮「澳底漁會」實習。黃媽媽淑藻的父親吳老伯正巧是漁會會計，對年輕人很照顧，讓清吉兄住在漁會，三餐都到吳家吃飯，連衣服也拿到吳家洗滌。就這樣，近水樓台先得月，從山上到海邊，清吉兄與淑藻的姻緣線就牢牢的黏上，三生姻緣早已牽定啦。

澳底吳家淑藻是長女，她有一個哥哥和三個妹妹、一個弟弟，因母親體弱無法多操勞，淑藻學校畢業就幫忙照顧家裡的雜貨店，還把家事全包了，舉凡年節祭祀拜拜、蒸煮粿粽年糕、到日常三餐料理、洗衣曬被等等，全都攬下、俐落完成。清吉兄看在眼裡，疼在心底；當年澳底夏季缺水，淑藻要到古井打水，或用泵浦汲水才能洗衣煮飯，清吉兄就天天幫忙挑水回家，或許就是這貼心舉動，打動了淑藻的少女心吧？

清吉兄是有情有義的有心人，在漁會實習期間，受吳家照顧，受恩未忘，畢業服役後，每逢年節一定到吳家去探望，時相往來，關係密切，又因與淑藻大哥同年，弟妹們也都逕以「哥哥」呼之，習慣之後，後來就難改口喊「姊夫」了。

當年無婚禮，禮服今還在

清吉兄是礦坑來的孩子，家無恆產，水產專校畢業、當完兵後，先當過兩年的大粗坑小學分校代課老師（民國五十五至五十七年），當時薪給菲薄，月薪僅台幣1,700元。為著將來能出人頭地，只有下山力拚，民國五十七年（1968）底，他進入基隆海關報關行工作，一切從頭開始，清吉兄說：「第一天進報關行，看到全黑板寫的都是英文，報表上也全英文，自己卻一個字也不認得！」怎麼辦？查字典啊！勤能補拙，人就住在報關行，可以比別人早到班、比別人晚下班，而報關行報表的文件與流程都有固定模式，一回生兩回熟，沒多久就自行摸索出來，可以上手了。

憑著苦幹實幹拚命幹的拚勁兒，報關行工作漸趨穩定，到民國六十年清吉兄已28歲，正打算結婚，淑藻粉紅色洋裝禮服也在城中市場訂做準備好了，不意清吉兄的父親卻突然一病不起，醫院奔波、婚事暫擱，到九月一日父歿、三日出殯，倉促間沒有任何結婚、迎娶、宴客等儀式，清吉兄就在父親告別式當天，請大伯父來給淑藻戴上戒指，直接以計程車把淑藻帶上山，草草完成婚事。倒是澳底的老岳丈十分貼心，自己做喜餅贈與村人，算是嫁女兒、報人知了；而淑藻的那件粉紅色洋裝禮服，至今還沒有機會穿上身，

近五十年了，始終壓在箱底。

淑藻說：「剛上山在大粗坑辦喪事，因房子暑假被颱風吹掉，暫時用大石與粗繩綁壓著，只好先借住大伯家一個月，事後才從大粗坑遷到瑞芳舅舅家借住，過不到一年，再以貸款買了瑞芳的預售公寓，總算有自己的房子住。」那時候，清吉兄月薪三千元，公寓訂金二千元、每月房屋貸款五百元，公寓是以木板隔間，新屋建好搬進去隔天，正好小嬿出生，那時是民國六十二年三月，小家庭已添有小芬、小嬿兩個女兒了。

持家有道又堅強果敢的淑藻，說起年輕歲月裡最難忘的事，件件令人動容。諸如：新婚時，在山上牡丹坑產業道路上，巧遇自己同村表哥上山補貨，問她要不要順便一起回澳底？她說不了，然後一個人蹲在路邊哭泣，真想跟著表哥回去，想家卻歸不得，只有暗自在路邊垂淚，哭完再回屋裡。在那窮鄉僻壤的大粗坑，她曾寫信給姊妹淘，竟被質疑台北縣還有這種地址呢。還有，清吉兄每月三千元的月薪，要還購屋貸款、要付水電瓦斯、要買米買菜、還有小孩奶粉醫藥雜支……，如何支應一家老小全部開銷？曾經有一次，隔天才發薪水，而淑藻皮包裡竟只剩十元，十元！黃口無飽期，孩子嗷嗷待哺，這時候，淑藻就會帶著孩子回澳底娘家住幾天，稍解困境。一起走過艱困的歲月，清吉兄對岳家老丈人與岳

母，始終感念在心，他直說他們是世上最好的長輩，最愛護兒孫的老人家；對淑藻，當然呵護、體貼更不在話下。

胼手胝足創家業，感恩知足幸福多

清吉兄在報關行工作表現出色，至民國六十四年（1975）老闆邀請入股，共同經營；為此，淑藻慨然變賣所有的首飾、僅留手上一只結婚戒子、傾其所有資助夫婿入股，成為合夥人，很慶幸到次年配股分紅即有五六萬元，此後雖歷經石油危機、金融風暴，也都因經營得法，獲利穩定未受巨大影響。在胼手胝足創業，略有所成後，清吉兄基於家庭責任，即回饋孝養老母親與岳家岳父岳母，他倆事親至孝，迄今老母親96遐齡，老岳母更達98松齡，都有兒孫關懷照顧周到，而且福體健朗常展歡顏，兄弟姊妹亦皆和順相親其樂融融，十分難得。

而淑藻在民國六十五年（1976）又添小兒之後，帶著三個孩子，成了專職家庭主婦，更為忙碌，卻也很有遠見的為全家人規劃未來，創造幸福。她說：「雖然已經從九份山上大粗坑搬到瑞芳街上，但為了孩子將來上學方便，我們還是得再搬家。」清吉兄工作的報關行在基隆，開車一路循線覓屋，找到內湖的「美麗家園」，正在鳩工興建預售，於是毅然下訂，民國七十一年（1982）就住進

碧山巖下，成了「尖頂家族」一員，一晃眼，歲月悠悠，當年的少年夫妻已是老來伴囉。

時光流逝，以前，每日黃昏，都可見到淑藻或用熨斗燙著清吉兄的襯衫，或伏地擦拭著地板，或烹調著晚餐等待良人與孩兒歸來……，她把家整治得井井有條，灶熱菜香，就是個磁極。現在清吉兄三個孩子都已長大成人，各自成家立業，小芬夫妻在貢寮當老師，小嫩遠嫁曼谷、女婿經商，小兒阿山哥事業穩定、住在泰山，假期就是他倆含飴弄孫的孫兒女專屬時光了。

黃伯伯現年七旬有五，身子健朗，身材保養得宜，已從報關行退休，偶而接單賺點外快；日常則打打桌球、畫畫丹青、蒔花養蘭，既運動養生，又怡情養性；淑藻則利用「空巢期」又進修又學藝，重拾畫筆，書畫佳作藝品極其出色，還常參與鼓藝表演，令人驚豔，也愛遊山玩水，偶而出遊賞花。假日兒孫繞膝，清吉兄甘為孺子牛，伴孫弈棋勞作，笑聲常盈室，生活優遊自在又滿足，令人稱羨，十分幸福。

其實，從大粗坑礦區到內湖碧山巖，清吉兄與淑藻苦盡甘來的經歷，不都是自己努力創造出來的最真誠的幸福嗎？認真打拚，踏實過日，家人健康，家庭和樂，因為感恩知足所以幸福多。至於淑藻的那件還沒穿過的粉紅色洋裝禮服，就等著找機會來亮相囉！

| 1 | （1）黃家全家福 |
| 2 | （2）伉儷情深 |

鴨角的世紀之愛

　　碧山巖山上山下的郭家簡家聯姻，這兩位內湖原住民談的是一場小清新世紀之愛，清純卻又濃烈，真摯得令人既豔羨又讚嘆，只羨鴛鴦（鴨角）不羨仙（人）。

鴨母卿變鴨角

　　郭代書，暱稱「鴨角」（閩南語公鴨之意），他說：「其實小時候大家都喊我偏名，鴨母卿仔。後來我長大、結婚，連生三個都是女兒，家裡一窩都母的，我就自己對外宣告，我是男生，從此以後不再叫『鴨母卿仔』，改稱『鴨角』了。」

　　鴨母卿仔與鴨角，正可見證半世紀前內湖碧山巖下農家生活的一斑。當時郭代書的阿公種田，稻子一年兩穫，收割後、播種前休耕的三四個月，正好養鴨子，兩百隻母鴨，每日清早可到鴨寮撿拾兩大竹籃的鴨蛋。郭代書從小，一丁點大，直到十來歲，常要睡在鴨寮過夜，以防鴨蛋被偷、鴨子被摸走，可那鴨糞屎臭熏人，鴨寮的竹床又伊伊歪歪，真是難忘啊。那年代，大家怕孩子養不大，都取個低賤的偏名，女生就喊「罔腰罔市」（隨便養、隨便飼），

男生也是「阿豬阿狗」的叫；他因為阿公養鴨子，就被喊「鴨母卿仔」，以女生的名字騙騙人，邪祟少來干擾。郭代書說：「以前小孩沒有零用錢，嘴饞想買零食時，就拿兩顆鴨蛋到柑仔店去換吃食，大家都認得我就是鴨母卿仔。」

　　說起鴨角的身世，還有點曲折。原生家庭在九份（金瓜石），姓連，為四男，上有三兄二姊，下有一弟一妹，一家八個孩子食指浩繁，父母不得已將其出養，送給內湖碧山巖下金龍路口的郭家撫養。鴨角的養母是郭家獨生女，招贅，卻未生育，領養有二子一女，後來養父母離異，幾年後，繼養父也離家他去另娶，就在代書初中一年級（十四歲）時養母因病早逝，少年失恃，煢煢獨立，只有阿公阿嬤可倚仗，卻也因而養成鴨角的秉性醇厚，事親至孝至尊，對兄弟姊妹親族盡心盡力，對妻女孫輩更是呵護備至，在鄰里間堪稱「愛的楷模」、「顧家典範」。

小清新談戀愛

　　鴨角有個舅舅住碧山巖上，與鄰居簡家父母相熟，頗為欣賞麗華小姐樸實又漂亮，打小便極力想為外甥牽線，甚至還代為提親，那時麗華才十八歲呢。所以，郭簡二人早就知道對方的存在，麗華

住碧山巖山上，代書住山下金龍路口，麗華學校畢業後就在代書家隔壁的毛線工廠工作，二人近水樓台，暗通款曲，在保守的1970年代談了一場小清新的戀愛。

男主角鴨角說：「我們每次相約見面，都是約好幾點的公車班次，她在山上先上車，我在山下才上車，一個靜靜站在車頭，一個佇立車尾，佯裝陌生人，沒有眉來眼去，也無交談，到同一站下車後，也是一前一後各自走，不敢併行，更不敢牽手。通常兩人散散步，吃個剉冰或小吃，也沒能力消費，所以什麼事情也沒發生啊。」女主角麗華補充道：「鴨角初一就沒了母親，念方濟中學時半工半讀，沒錢就休學打工賺錢，有錢繳學費才能去註冊上學，所以讀了四五年才完成高中學業，為了鼓勵他報考大學，我還拿了五百元贊助他，當考大學的報名費。」

美人愛才子，贈金五百元，鼓勵他進京趕考用；結果，鴨角笑說：「考慮到後繼無援，無力上大學，乾脆，五百元拿去寧夏夜市吃蚵仔煎吧！」隨後鴨角去服役，退伍後就結婚，在代書事務所當差磨練，也到事務所老闆的獅子會任幹事，一人雙職，努力賺錢養家，也不忘學習，又到文化大學地政系在職進修，1979年便取得代書資格，並設立潤美代書事務所迄今，學業、事業都有了交代，總算沒有辜負當年麗華五百元的期許啊。

世紀之愛的傳承

郭是鴨角養母的姓氏，在拿到代書工作的第一筆收入時，他是去為養母修墳。原來養母去世六年後撿骨，竟任其碑石傾頹、塋穴進水、屍骨曝曬，所以，代書不忍先人遭此境遇，用心整建墳塋，這兩年還帶著妻女子婿將郭家祖父母、養母等先祖都安座在福德公墓納骨塔，故世親人上下相鄰、成排相近、九泉有伴，且環境清幽肅穆，後輩慎終追遠、清明敬祖也都便利。

鴨角與麗華胼手胝足建立家業，兩人鶼鰈情深，感情特好。工作上，麗華常陪著鴨角四處拜訪客戶、跑案件；家庭上，麗華打理一切，膳食、居家與人情，讓夫婿無後顧之憂，故而結婚四十周年時，鴨角忍不住要在臉書告白：「再許我四十年好牽手」。鴨角在碧山巖上買地，為麗華自己打造一座花園，種樹、蒔花，花木扶疏，還兼植番茄、木瓜，並養鳥養鴨觀賞舒心，原作泡茶、休閒之用；五年前麗華罹病，鴨角將花園改為開心農場，為了麗華的健康，他養雞、養鴨、種菜、植栽，全是有機耕作，每日清晨天不亮就上山耕耘，傍晚又上山一趟，終年無休，至今各色蔬果、肉類、雞蛋全部自產，去年起連蜜蜂也養了，自製蜂蜜，莫怪麗華在鴨角這濃烈的愛情滋潤下，迅速康復，笑逐顏開。

鴨角愛屋及烏，對連家原生家庭與郭家兄弟姊妹或尊長子姪，始終盡心盡力，獎掖扶助，提攜有加；在鴨角眼裡，血緣與姓氏都只是個符號，小小印記而已，重要的是「生命之愛」在你我之間世世代代傳承綿衍著，就像鴨角與麗華的「世紀之愛」，從兩人擴展到兩家（郭簡）、三家（連郭簡）、五家（連郭簡黃林）……，甚至我們碧山巖下這些異姓兄弟，近鄰情同手足，親似家人，也在鴨角「世紀之愛」的涵蓋範圍內，這「鴨母卿仔」變鴨角，可真是有情有義、令人愛啊。

鄉親相親鄰里親

　　我們碧山巖下芳鄰「尖頂家族」的班長是林媽媽秀雲，因為她為人古道熱腸，熱心公益、平日扶老攜幼、照顧大家、聯絡各家情誼，不遺餘力，而且擔任碧山里數十年的鄰長，日日為鄉親奔走服務，所以林媽媽榮膺我們的班長，數十年來始終沒人想要改選換人的。就這樣，林媽媽與林伯伯也就自然而然成為我們碧山巖下「鄉親相親鄰里親」的代表啦。

長女風範，顧家又能幹的班長

　　林媽媽秀雲班長娘家姓李，是台北松山人，早年李伯父在鐵路局松山東興路機場任技佐，是黑手、檢修火車的專技人員，很遺憾，在民國82年（1924-1993）69歲就病故了。李伯母則是樸實的家庭主婦，現年已88高齡，平日有外勞照顧相伴。秀雲是家中長女，下有二弟三妹，從小就頗有長女風範，料理家務、孝順父母、照顧弟妹，「管家」一把罩！

　　為了幫助家計，秀雲班長國校甫畢業、13歲就開始到針織廠工作賺錢，每個月發薪水都把薪金交給她阿母貼補家用，真不簡

單！而且她小小年紀就懂得記帳，控管財務，有計畫的儲蓄與支出，那些記帳簿到現在都還保留著。那天，我們相聚聊天，林媽媽還拿出其中兩三本骨董筆記本給我看看，民國54年（1965）、55年（1966）、57年（1968），收入月薪一千元、交給阿母五百元、其餘繳會錢與零用。我看那娟秀的筆跡，清楚的帳目，真是嘆為觀止，打從心底佩服，對當年這個顧家又能幹的女孩兒，真該豎起大拇指，喊聲讚！實在太厲害了。

長得標緻、皮膚白皙，做事幹練，又顧家的小姐，應該是「君子好逑」吧？林媽媽秀雲自己說，少年時，她在八德路四段富順紡織廠上班，天天通勤，工作與生活都在松山小圈圈裡，是有很多人追，沒錯，但她卻不敢接受，因為怕嫁太遠，

骨董記帳簿

不方便回娘家。正巧，民國63年（1974）秀雲的姑姑住南港，來推薦她的鄰居澤洋兄林伯伯，男方也希望就近找對象，不敢娶外地新娘，擔心回娘家好遠，搭火車要好久。所以就在秀雲姑姑牽線之下，兩人相親，一拍即合，認識三個月就結婚成親了。

長男的抉擇，自立自強又愛家

林伯伯澤洋兄，老家在南港舊庄，其祖父在南港務農，近山坡有田有地，後來土地徵收、闢建道路，所以其父便隨岳父（林伯伯的外公）到基隆發展，因林伯伯的外公在基隆開煤礦，所以林伯伯的父親也到基隆當礦工，還兼開一爿雜貨店討生活。從民國30年代到40年代，林伯伯的父親一家子在基隆住了八年整，後來才到內湖新明路買房子，遷居內湖，成了內湖人。36年次的林伯伯在基隆出生，也是家之長子，上有一姊、下有二弟、二妹，遷居內湖後，初中唸瑞芳工校，每天搭火車往返於台北基隆間。

林伯伯也是極具「長男風範」的大哥，瑞工未畢業、15歲就出社會，先到台北太原路當學徒，再轉到三重的工廠，師傅看他很聰明、工作表現極佳，廠長也鼓勵他再去學校進修，於是林伯伯先上開南商工、後來又到台北工專念夜校，半工半讀，機械理論與實務

都兼顧且專精，所以民國60年（1971）海軍陸戰隊一退伍，便立刻受邀出任機械廠廠長，接單、研發、製造、管理，一手包辦，發落廠務井井有條，備受肯定。到民國67年（1978）林伯伯出來自行創業，從買機具、做機械加工開始，迄今逾40年，自立自強、卓然有成；工廠做的是電腦機械，接單項目多半是一些機具特殊零件，其他機械廠做不來、也不會搶的，就因為林伯伯能與時俱進，跟得上時代，所以幾十年來業務穩定成長，在專業上自有一方天地，自立自強足以養家，堪稱小康。

姻緣天注定，牽手一輩子

說起第一次見面的情景，林伯伯與林媽媽兩人都記憶猶新，口說相親沒什麼，但眉宇之間卻透露著甜蜜。秀雲班長說：「那天，我阿姑是介紹人，相約在南京東路中央保齡球館、現在的體育館旁邊的西餐廳喝咖啡，那兒有一家天一假髮，店家至今還在，我們三個人見面之後，咖啡沒喝幾口，只記得他人很老實，說話也投機，所以約會沒幾次，三個月就結婚了。緣份天註定吧。」

說起相親三個月的速成婚姻，林伯伯不改機械專業的務實態度，趕緊補充說：「相親有中意啊！當時年紀不小，已經28歲，

習俗上29歲不宜嫁娶，正巧隔壁鄰居是秀雲的姑姑，來介紹她的姪女，約去相親，一看還談得來，加上姑姑催婚，所以農曆年前一星期就趕著辦喜事了，結婚就是要對人家好，要負責任啊。」當時在南港舊庄老家三合院，席開30多桌，親友齊聚，證婚人是陳健治議長，算很熱鬧，很風光，林伯伯澤洋兄是很呵護新娘，十足愛家的務實派。

　　他們倆63年（1974）結婚，與父母兄弟同住，但內湖新明路三樓，只有十坪大，在陸續生下三女一男四個娃兒後，一張大礦床要睡二大四小，還是嫌擁擠了些，所以民國73年（1984）來內湖碧山巖下自購新居，當年8月31日趕在孩子們開學前一天入厝。這房子是林伯伯朋友蓋的保留戶、樣品屋，公寓一樓連地下室，空間大、採光好，就在巷弄中央，出入往來、聯繫便利、是個宜居好宅，於是林媽媽翌年（1985）就在此當起了保母、還做了鄰長，都極其順當，所以林家也順理成章成了「尖頂家族」的聯絡中心，人氣超級旺。

　　住到碧山巖下，轉眼三十多年過去，孩子都長大、女兒也出嫁，但六七旬的林伯伯伉儷仍活力十足，堅守崗位，還沒退休，伯伯汐止的機械廠還在運轉，林媽媽也還在當保母兼鄰長，繼續為民服務，周一到周五「公務」在身，週五晚上總會見到林媽媽上美容院洗頭裝扮，周六一早就亮麗出場「休假」囉。所以，數十年來固

定的作息，到現在，我們每周假日都會見到林伯伯開車當駕駛，帶著林媽媽出門，或探望尊長、或家族小聚、或訪友、或辦事、或出遊，四五十年來，他一直是她的腳，陪她走天涯，無怨無悔，配合度超高！而且林伯伯與林媽媽倆形影不離，出遊常穿情侶裝，同樣的恤衫，雷同的身形，宛如可愛的龍鳳雙胞胎感情好啊。

　　看他倆相親結緣，攜手同行，牽手一輩子，年紀越增長，感情越甜蜜，這戀愛談得夠長久，真是令人稱羨。尤其，林伯伯林媽媽各為長男長女，都很顧家愛家，對兩人的老父老母定期殷勤問候陪伴，奉養照料周全，重視孝道，百善孝為先，行善就應從孝順開始，他們身體力行，正是孩子們的好榜樣；同時林媽媽還分出心力服務鄰里，照顧鄉親，我們碧山巖下「尖頂家族」芳鄰也都受其沾溉，就是福氣啦。

林媽媽與林伯伯

台金一家，千里姻緣一線牽

說起黃埔與王小真的「台金一家」，真是千里姻緣一線牽，或許說是緣分天注定吧。但這個軍公教的遠距婚姻，也真像賭博，兩人願賭服輸，還認真經營，家庭與事業都算碧山巖下尖頂家族的一個「小範兒」，好樣本。

民國六十四年（1975）七月一日，救國團舉辦大專學生社團負責人研習會，黃埔是陸軍官校正言社副社長、王小真是師大兒童教育研究社社長；兩人都是學校舉薦的代表，就這樣有緣千里來相會啦。黃埔自己說：

> 官校三年級那個暑假，我奉派北上代表學校參加救國團暑期活動。爬過一條長長的大斜坡，我來到北投這個新成立不久、可以俯瞰淡水河的五專，光武工專。額頭潸然而下的汗水和被汗浸溼的白襯衫，我終於明白為什麼這個學校的女生會有一雙粗壯的大腿。

> 正當我在活動報到處，抱怨文學校大學生毫無紀律觀念，竟然大多一襲polo衫牛仔褲和花色鞋襪，而不是穿規定的白襯衫、卡其長褲和黑色鞋襪來報到，私下懊惱自己竟成

「異類」的古板阿呆時，眼看著遠遠走來一位頗有氣質、拎著行囊的女生，我不禁輕搖著腦袋，開心的笑了，「德不孤，必有鄰」，看來我並不孤單，沮喪的心情頓時開朗許多。

　　一週的活動裡，我們分在同一組，指導老師是留美剛回國的黃俊英老師，輔導員是政大的黎拔佳學長。我利用機會「虧」了那個傻女孩一頓，雖然她一直強辯：她才不跟我一樣「阿土」呢！因為，她的白襯衫是篷篷袖、邊邊還繡一圈薄紗蕾絲，可時髦的呢。

　　大概是第一印象不錯，回到鳳山後，她是我有聯絡的少數組員之一。雖然知道她在師大很活躍，必然追求者眾，更何況我還有「作戰聯絡線」太長、軍人自由受限的致命弱點，但還是抱著「得之我幸，不得我命」的態度，經常利用休假，到台北看看這位白襯衫、黑長褲的女孩，每天抽空給她寫信，即使在野營演習也未間斷。……後來呢？俗話一句，當然是「有志者事竟成」，有情人終成眷屬，女孩成為我摯愛的新娘囉！

　　這件事讓我相信：有緣千里來相會，無緣對面不相逢。緣起緣滅，誰說得準呢！

黃埔、王小真結婚照

　　就這樣，一個是來自外島金門戰地的阿兵哥、一個是台北
三重埔的普通人家女兒；兩人戀愛、結婚、組成「台金一家」，
一眨眼，竟也結婚成家四十年囉。四十年來，一個身羈軍旅、東
遷西調、從鳳山官校、苗栗、台中港、桃園龍潭、大小金門、中
壢士校、國防大學、新社興中山莊、鳳山步校、到陸總部、國防

部⋯⋯，軍職四十餘載，戍守國疆足跡遍全台；就是奉獻國家，不常在家！

正因為一個浪跡天涯，另一個只得母兼父職、教養兒女、教書持家，裡裡外外一人扛起一家子，除了生養三個孩子，還有台灣金門乃至南洋的親族要照應，辛苦忙碌與獨立堅強，是作為軍眷必備的人格特質。兩人剛結婚時住永和，一年後遷居三重，一住十年，多仰仗岳家照應，因此兩個女兒與外公外婆、舅舅舅媽特別親。還記得當時王小真常常騎著腳踏車去領眷糧載米回家、也天天騎著單車上下課；有時夜裡孩子發燒、自己抱著娃兒跑診所敲門就醫；假日就領著孩子到新公園、植物園、博物館等場館去遊逛玩樂；就連過年時，到新加坡、印尼去探親，也是母女三人自助行，爸比必須在軍中留守啊。

感人的是，早年阿兵哥爸比每次回家時，都會順道從福利中心採購罐頭、衣物、日用品，塞滿綠色軍用黃埔大背包，一路駝回家。他曾經精準的買回大寶女兒的學步鞋，他說，摸摸肚子上被小娃兒踢的位置，就測出大小了；還有，傍晚時分兩人帶著孩子一起過馬路，要到對街三重商工校園去散步時，他會站在馬路中央，伸直手臂、指揮交通，保護母女過馬路；再有就是黃埔爸比每次回家一定大掃除，帶著孩子掃地、吸地、擦玻璃、刷紗窗，甚至粉刷全

屋子的牆壁！這應該是他愛家、愛妻、愛兒，為了減輕王小真的負擔而做的一點兒補償與回饋吧。

後來，孩子漸漸長大，為了要給孩子更好的成長環境，黃埔說，基於戰略考量，家要先安穩固定，「一點不動一點動」，工作就學皆就近且生活便利，全家只有一人必須四處移動，於是王小真調校到內湖劇校，隨後遷居內湖碧山巖下，就此安家落戶，與「尖頂家族」好鄰居結緣，三十年來，遠親不如近鄰，大家相互照應，情逾手足，宛若兄弟姊妹。

在內湖初期，黃埔正巧任職大直三軍大學，每日清晨攀登碧山巖勤練身體，所以四十歲有良好體能又添丁，兒子小多保母就是芳鄰劉媽媽，有時王小真公務繁忙，多賴巷弄各家伯伯媽媽們支援，小多幾乎吃遍像巷子裡每一口灶，可說是「一條街的公子」呢。

現在，黃埔與王小真已兩鬢飛霜，不再是那白襯衫、卡其長褲的青春年代，台金一家也開枝散葉，大寶女兒在美學成、出嫁又育女，小皮女兒也學有專精、結婚又生子，只有小多兒役畢還在進修中。台金一家在碧山巖下傳承繁衍，一代又一代，愛在擴散蔓延……。

台金一家全家福

鄉下姑娘進城來！

被設計騙來的婚姻

碧山巖下有個專業保母劉媽媽阿菊，敬業、熱忱、有愛心、口碑佳，三四十年來從劉媽媽保母班畢業的的娃兒大約有六七十個了吧？說起奶媽劉媽媽與劉爸爸的故事，那可精彩了。──鄉下姑娘進城來！劉媽媽笑著說：「我是被設計，騙來台北的啦。」

阿菊，生長於屏東恆春大光里後壁湖漁港，海邊、田野、落山風，就是她的青春；家裡因為阿公捕魚失事，阿嬤不准吳爸再出海，所以改務農，田地裡種植有地瓜、玉米、甘蔗、黑豆、黑麻、洋蔥和水稻，後來核三廠徵收了水稻田，現今旱田仍在。從小，阿菊跟著爸媽下田、理家，農事、家事一把罩，可說是個純樸、善良、乖巧、順服的後壁湖孩子，高職畢業後到高雄的百貨公司站櫃台，勤樸、純真、善良始終如一，她自認為就是「認命」吧。

阿全則是土生土長的台北內湖在地人，碧山巖下長大的孩子，學校畢業、退伍後被羔羊牌毛線毛衣公司分派到台中，去負責台中門市做行銷。南北姻緣一線牽，月老就是阿菊的堂姊阿美，阿美嫁

給阿全家族表親，幸福美滿，決意要為阿全、阿菊拉紅線，推薦後壁湖女兒。於是民國六十五年中秋，藉著堂姊阿美生子，滿四個月，要返鄉探親，設計讓阿菊北上，協助帶娃兒回恆春。藉此機會，劉家的大大小小親族全都來看過阿菊，對這個「未來新娘」十分認可，唯獨當事人並未知曉，自己被設計了。這算騙婚嗎？

打鐵趁熱，中秋過兩周，阿全便下恆春，說是接表嫂阿美，也拜訪後壁湖的吳家，讓人「看子婿」，而且取得吳爸點頭，同意把阿菊嫁給阿全。當晚，吳家親族堂伯母、阿美的母親還叮囑阿全：「你中意否？若真中意，才可以帶女孩子出去散步；若不中意，就免了，鄉下地方，要留一點給人探聽。」就這樣，後壁湖海邊兩人第一次散步，黑漆漆的夜裡，落山風呼呼的吹，阿全欲牽阿菊的手，女孩子卻羞澀得直甩開，心裡悶得慌啊。

親事既定，當年十二月十二日劉家就南下「送定」，阿全、阿菊訂婚了。隔年民國六十六年五月十四日，吳家族人北上，寄宿重慶北路圓環邊的旅館，以便迎娶；劉家在內湖碧山巖下土地公廟席開四五十桌擺桌正式結婚。從後壁湖夜裡散步之後，只有訂婚碰過面，結婚前這大半年，阿全阿菊兩人不曾相見，只有寫寫信，信裡也只有寥寥數語，簡明扼要，沒有甜言蜜語，兩人的關係好似清清如水的純淨、自然、健康。

離根的地瓜總思鄉

　　初初結婚，阿菊與阿全一起在羔羊牌台中門市工作，在台中住三年，兒子佳泯出生後，便北返回老家內湖碧山巖下定居，阿菊走入家庭，帶大自己的兒女之後，還去受訓考照，成了專業保母，家裡整治得窗明几淨，嬰幼兒的餐飲、玩具、盥洗、遊戲、休憩，一應具全，常能聽到嚶嚶兒語和娃兒嘻笑聲。但是，離家五百里，有如離根的地瓜，每到黃昏，望著窗外夕陽，總念著後壁湖的田野、海岸與親人，聽到「思鄉」的曲調，往往淚流滿面。

　　嫁人之後，阿菊都是一年才回恆春一次。以前是每年除夕圍爐之後，連夜直奔恆春大光里，看看一年不見的老父老母可還安好？現在是每年大年初二，再驅車下，也是住一宿，看不夠、說不完，一年才見一次，永遠不夠的。由於吳家老人家十分傳統，生性保守，認為娘家的事不用擔憂，夫家的事也不用說，所以阿菊就習慣「報喜不報憂」了。

　　曾經有一次，佳泯一歲多時，阿菊揹著娃娃自己回娘家，老母親一看就淚漣漣哭了。吳媽說：「若出事、壞事不可入門。」要阿菊提著皮箱回夫家去。老人家認定，回娘家要夫妻同行，倘若婚姻不和諧，就別回來了。但吳媽心底仍是掛記著孩子，一生暈車嚴重

的老人家，就曾一路顛簸轉車折騰一整日，從恆春大光里來到內湖碧山巖下，可卻是一進門坐下便說：「有看到就好。」反身又要一路暈車回恆春去了！

　　老農夫吳爸也很老派，內斂又傳統。每回知道阿菊要回娘家，就蹲在門口埕等著，一蹲老半天，暗自開心得文風不動。匆匆相見，知道阿菊又要北返，前一夜就悶不說話，垂頭噤語，阿菊臨出門了，老父親從不現身，他就站在門後，抹著眼淚，不能出來。現代科技發達，聯繫方便，但不識字又健忘的老人家，撥電話，打了前面兩三個數字，又忘了後半的數字，總是難以完成，只有阿菊多打回去，彼此聽聽對方的聲音，聊以慰藉思念之情。遺憾的是，老人家已故去多年（老父民國九年生1920-2002，老母民國十年生1921-2013），如今再也無法聽到老人家的聲音了。

阿全與阿菊伉儷感情好

世代綿延的親子情

　　阿菊從台灣尾嫁到台灣頭，遠離家鄉，思親難免，戀家、愛家又認命的她，衷心熱愛家庭，愛夫、愛子、愛孩子，十足道地。四十多年來，光是每天三餐熱騰騰上桌，劉爸爸天天回家吃午飯，就令人豔羨不已了；孩子男婚女嫁，都各自有穩定的工作與家庭，孫兒女也都快樂成長，看來老天爺是「天公疼憨人」，天道酬勤，地道酬誠，勤懇勤樸者有福報，一點也不假。當然阿菊愛屋及烏，在劉媽媽保母班的孩子也都受惠，被疼愛著，愛在擴散，世代綿延著親子情，鄉下姑娘進城，是來對啦。

劉爸爸劉媽媽三代同堂全家福

阿公阿嬤談戀愛：盼

　　大家知道上個世紀中葉出生的阿公阿嬤是怎麼談戀愛的嗎？相較於現代青年人際往來大量使用網路，用LINE、Messenger、FaceTime隨時隨地傳遞信息，電子數位影音、圖片、文字、電話⋯⋯琳瑯滿目、目不暇給，既迅捷便利、效率又超高。說來現在花甲以上的阿公阿嬤當年談情說愛，可就落伍太多啦！上個世紀的人雖已有電話，但「有線電話」資費可不便宜，多數人還是以手寫信、寄卡片等老套兒來傳情達意，談情說愛細火慢燉，有古意。

　　去年（2017）是我師大社會教育系畢業四十週年，一群六旬同窗特別相聚慶祝、外宿出遊三日共話當年，在同學會前夕，老同學文和兄格外有心，翻箱倒櫃找出民國六十六年五月（1977）出刊的畢業班刊，其中有一小段我的遊戲隨筆《愛情是⋯⋯》，饒有小趣味：

　　　愛情是：「給我一份妳的課表好嗎？」——知己知彼，百戰
　　　　　　百勝。
　　　愛情是：把她的照片放在識別證背面，隨身攜帶。——當風
　　　　　　吹起識別證時，被人笑形影不離。

愛情是：「我們採聯軍，比肩作戰，好嗎？」──當爸媽不
　　　　贊成時，我們成了親密的戰友。

愛情是：「我什麼時候可以來了，而不必急著買回去的車
　　　　票？」──恨時光不永遠停駐在相聚的那一刻。

愛情是：翻遍電話號碼簿，找出她家的電話號碼，然後打長
　　　　途電話去！──當她家的電話號碼還沒讓人知道時。

愛情是：有空時，就找社會系的同事聊天，騙點學問。──
　　　　免得以後被她蓋死了。

愛情是：「過年時，我要送妳一個紅包，不知該放多少？」
　　　　──結果是交換紅包，互換鈔票。

愛情是：把她寄來的短歌，唱得熟熟的。──盼。

愛情是：把信件編號，一百零二封了。──在八月以前，我
　　　　要趕上你。郵差先生辛苦了。

愛情是：假裝不經心的塞給她一顆糖。「吃糖！」──掬水
　　　　軒食品公司，情人糖，I Love You。

　　這十則愛情小筆記，都是當時青春年少愛情追求的真實體驗，
不知君有幾？啊，當時人談情說愛似乎含蓄多了，也笨拙、憨厚、
樸實多了。不禁隨口哼起當年救國團傳唱的校園民歌的〈盼〉：

〈盼〉

周興立／詞曲；潘安邦／演唱

我把想你的心，託給飄過的雲，願那讚美的風，帶來喜悅的信。

我把想你的情，注入晨露的心，願那幸運的草，化為永恆的夢。

我把懷念的情，寄語無數的雲，願那相續的浪，帶來你的音訊。

我把往日的愛，化作無數的夢，願那燦爛的虹，給成永恆的憶。

　　前年（2016）暑假我們內湖芳鄰「尖頂家族」群組到金門旅遊，湖濱夜談時，各家說說戀愛結婚的經過：有相親認識、相約看電影的（林家），有親友介紹、半推半就送做堆的（劉家），有職場聯誼、丟機車鑰匙看上眼的（李家），有高中就青梅竹馬、外島服役都沒兵變的（章家），當然還有近水樓臺先得月、隔壁親家型或自投羅網來寄宿型的（郭家、黃家），以及吾家救國活動相識、台金一家結緣的……。這首歌「盼」就是阿公阿嬤談戀愛的代表作啦！純情、樸實又含蓄。

　　就在去年（2017）九月我們四十週年同學會時，大家徹夜促膝長談，說不完年少往事與當年痴狂，沒有距離的就接續起青春時的愛戀，原來當年夢中情人依然令人澎湃激盪，青春鐫刻在心版永不磨滅！總主筆麗美同學於是為同學會寫下一首雋永小詩《時光旅人》：

《時光旅人》／王麗美

如同一場未竟的夢，我們穿越時空來相會，不可思議的時光旅人！

彷彿為了治療一段鄉愁，或者妄想窺看命運的答案，彌補青春記憶模糊及遺失的碎片，或者為了抒解四十年的懸念，和自己難纏不馴的歲月和解。

於是，小行星再度碰撞，把當年來不及開口的話說完，將錯身而過的對象重新確認，讓早歲陌生的友誼重新連結，也將成長的殘念一一放下。

四十年並不漫長，光陰雕鑿我們的形體，也豐潤我們的思想。三天也不短暫，泉湧的回憶如雲瀑傾洩，然後，我們各自東西，知道宇宙之大，星塵總是相會有期。

雖然大家已然兩鬢飛霜，但初心依舊熾熱，情誼更見濃醇。來，且讓我們為阿公阿嬤的青春愛戀乾一杯！走過歲月，生命曾經如此豐美，往事並不如煙，我們還要繼續愛的連線，漣漪不斷擴散。期盼相會有期！

做人有愛，行遍天下

做「人」，其實很簡單：我對你好，你也對我好，我一定會對你更好；人心換人心，你重我就沉！我深深同意這說法，做人，就是「你好，我好，大家好」，但倘若付出關懷與善意，卻反招致傷害，就可考慮適可而止，只要問心無愧，與其取悅別人，不如快樂自己。

五月底欣逢公公九十一歲生日，六月初星洲妹婿家有喜事，所以早在四月初清明節，公公返鄉掃墓時，我便訂好機票，準備南洋行，要到雅加達與新加坡走一趟，是禮尚往來，更是愛的回報。雖行程短暫，為參加壽宴與婚宴，六天跑兩國，但四海親友來相聚，熱鬧溫馨，令人欣慰又感動，絕對值得。此行我要向公公、婆婆、小叔、弟妹和妹婿、妹妹、親家公、親家母致意，我對他們好，表達善意，相信是一樁暨能快樂自己，更能取悅他們的天大美事。

在印尼雅加達，感人的是，公公生日許願時，第一個心願就是：婆婆的腳力好、更加健康、可以四處走。讓一旁同切蛋糕的婆婆一聽就笑開懷，事後還頻頻告訴兒媳知悉，看老人家鶼鰈情深，如此相扶持，我好生感動與感恩。婆婆從去年初跌傷腰骨以後，公公與小叔、弟妹一直陪著她就醫、復健、照護，還雅加達、新加

坡、台北四處尋訪名醫診治，現已康復如常，期能勇健如昔，健步如飛，衷心祝福公公婆婆期頤嵩壽，如崗如陵，松柏長青！

還有，在新加坡，妹婿為其侄兒辦婚宴，亦是令人感佩至極。妹婿的父親、親家公早年從小金門到新加坡，在港口擔任引船人，胼手胝足、建立家業、安頓一家老小，頗為艱辛，現已退休高齡九旬，十分可敬；親家母也已八旬開外，她可是家事一把罩，是傳統民俗禮儀與生活的高手，縫紉裁衫做衣服、剪紙盤扣中國結、年節包粽做粿糕點樣樣都精通，還上過新加坡電視談拜天公祭祀、也多次應邀示範做年節飯菜呢。但或許老天爺愛作弄人，妹婿的兄長與妹妹皆罹患精神疾病，以至妹婿一人得擔起十個人的家計，照顧家族上下三代，他有情有義、孝順父母、手足情深，處處周延又有心，今兒個給姪兒張羅這一場風風光光的喜宴，我們當姻親兄嫂的，怎能不齊來道賀，給予滿滿的祝福呢？當我握緊親家公、親家母的手時，送上的豈止是一句簡單的「歡喜」與「恭喜」？當我們兄弟姊妹並排合影時，咧嘴而笑的是一心的欣喜、珍惜與安慰。我們千里迢迢、翻山越嶺、搭機過洋，來此緊緊擁抱著親人，就是帶著滿懷的「關懷」與「祝福」，我們是彼此的「小小人生加油團」啊。

當然，你對我好，我會對你更好；將心比心，人同此心！同來新加坡給妹婿與親家公一家祝賀與打氣加油的，除了我們兄弟姊

妹團：雅加達飛過來的小叔與弟妹一家、從峇淡到雅加達而來的小
姑妹妹一家，還有從台北到雅加達再轉新加坡的我們一家，另外還
有遠道來自小金門故鄉的親家公胞弟（妹婿的叔叔）、及其兒、
媳、女兒等人（妹婿的堂兄、嫂、妹），看到大家彼此相親，親人
相聚，真情流露，我真的好感動。我們做人，一輩子過得不易，酸
甜苦辣、悲歡離合總難免；但何其有幸，能夠有家人手足至親可以

相攜相慰，彼此相依靠，同享歡樂，共擔憂苦，我們一定要好好珍惜，為彼此、更為自己，好好的活著，相互加油。

　　多少年來台北、雅加達、新加坡，一次又一次來來回回，相聚又暫別，聚散依依，我和公公、婆婆、小叔、弟妹、妹妹、妹婿……數不清的相擁或握手，是接機歡聚，是送機暫別。分別時，我們期待著還有許許多多的再相聚，歡聚時，我們珍惜，把握機會緊緊相擁。這次，我要飛新加坡時，和婆婆擁別，我說：「媽媽，你要保重，要做做運動，健健康康沒有問題的。謝謝媽媽和爸爸！」沒想到女生總是多愁善感，婆媳倆互道珍重都哽咽淚流不止，或許是心有靈犀吧，婆婆知道我此行曾遭遇小小不友善對待，她為我委婉抱屈，那句「謝謝媽媽」是有深意的。

　　世間事，不可能一切圓滿、完美無憾，但能把困苦的日子活出詩意，把薄情的世界活出深情，這才是本事。公公婆婆就是我最好的人生導師，重情義、講道德，為人敦厚、誠懇待人，與人從不計較。確實，當你不開心的時候，想想自己還剩下多少天可以折騰？想明白，就不會再生氣了，因為「煩惱天天有，不撿，自然無。」我們做人，要不忘人恩，不念人過，不思人非，不計人怨；想一想，人生就是「減法」，見一面少一面，緣分難得，怎麼會見面還要傻得去計較、去爭吵呢？

當然，人與人的緣分有些是「孽緣」，你待他友好、他相應不理、甚至惡言以對、或冷漠忽略，更還有惡意中傷的；所以，我們必須告誡自己，要努力，要堅強，有些人根本是無法期待，也不可能依賴的！天上下雨地上滑，自己跌倒自己爬，每個人的路都得自己走，每個人的淚都得自己擦。當一個人忽略你、傷害你時，你也不必傷心，人人都有自己的生活要過，各人造業各人擔，趁此機會將他看清楚、想透徹，不去理會他，也不指責、不抱怨，留給自己一份淡然寧靜的心緒，一份樂觀真純的情懷，讓自己健康的活著、平淡的過著、真實的愛著，這就是自己的充實人生！

　　我們常說：舉頭三尺有神明，人在做，天在看。做事先做人，做人先修心，我們應該「用心做事」，而不是「用心機做事」！因為善良不代表傻，厚道不代表笨；所有善良、沒心眼兒的人，誰都不傻，只是不說而已！祝福諸親友，做人有愛，行遍天下。

我和你，一樣不一樣？

我和你，一樣不一樣？經常有朋友在看到我和老先生時，會脫口而出：「你們長得好像，夫妻臉喔。」老先生總回以：「共同生活數十年，耳濡目染，吃同樣的飯、喝同樣的水，當然愈來愈相像，自然長成一個樣兒啦。」所以，我和老先生終究是一樣的，屬於同一個世界的人。

今年是我和老先生結婚40週年，紅寶石婚，人生難得幾個40年，理當好好籌劃辦理，有所表示才是。於是，我給自己買了個紅寶石小鍊子，給老先生也買件襯衫當禮物，然後宴請好朋友黃伯伯伉儷與小皮女兒三口子，一起到紅花鐵板燒吃牛排，小小慶祝一番。

結褵40載，一起走過大半人生，風雨同舟，我倆雖算不至於清貧，但知足常樂、量力而為，彼此珍惜，一顆小小紅寶石，足矣。老同學和達兄知道後直起鬨：紅寶石在哪兒？在哪兒？看不見哪！其實老土如我，也是今兒才知道紅寶石色澤愈深愈珍貴，小小米粒大要價台幣好幾萬，我想紅寶石婚就買顆小小紅寶石墜子，聊備一格，意思到了即可。老先生也說，誠意在心不在形，有心就好。

相較於今秋九月我們倆應邀參加的婚宴，主婚人是企業巨擘，仕紳名流冠蓋雲集，場面浩大，我這小小紅寶石，真是太小兒科

了。當天，六星級酒店會場華麗貴氣又雅致，現場放映著新人夏日家族旅遊，在義大利佛羅倫斯包下古城堡，旅行結婚的剪影。台上主婚人致詞時，細數孩子成長過程裡的獨立自主，大學時信教受洗、研究所赴肯亞實習三個月、交友戀愛擇婚自主等等，為人父母的牽掛和憐愛表露無遺。

喝完喜酒回家，老先生在路上說：「我們和總裁一家是不同世界的人，就像兩條平行線，各循自己的軌道前進，因緣際會，在宇宙的某個時空，偶然相遇成為朋友，如今有幸同來參與婚宴，今後又將各自前行，回到自己的世界。」我告訴老先生，不同世界的人會相遇，就是有緣，能夠相識相交，還能夠成為朋友，更是緣上加緣。對於他們的富貴，我們不攀不比，也不諂不羨，能夠見識另一個世界的幸福，也是福氣，咱們就相互祝福吧。一顆小小紅寶石，我已經很滿意，不需要古堡大婚，不同世界也可以有一樣的幸福啊。

其實，就生命的本質而言，所有人，無分貴賤長少都全是一樣的，沒差別。同樣是為人父母的，以自己的生命、傾其所有、呵護著孩子、惦記著孩子，期盼孩子健康，希望孩子快樂。同樣做人是子女的，勠力前程、闖蕩世界，還要扶老攜幼，感恩父母，養育兒女，一代又一代傳承家庭之愛，這就是生命的意義與本質。在家

庭裡，能夠為家人彼此付出就是幸福。能夠把握家庭至親生命中重要的時時刻刻，我和你在一起，同甘共苦，更是天大的幸福，幸福無價啊。貴為總裁，也只是一個既關愛又擔憂的爸爸，當孩子結婚時，陪在身旁當主婚人，與親朋好友共同分享喜悅，這幸福人人都可以擁有，不是嗎？

　　我相信緣分。生活中無論是親情、友情或愛情，人生相遇最美，今生能與你相遇就是無比幸福，其他人無論是擦間而過、和諧共事、相扶相持、或相約百年，都十分珍貴，永遠珍惜這份美好，感謝今生相遇的每個人。

　　因為存著這份包容、崇敬與感恩之心，真誠待人，看到別人的善意，記住別人的友好，感受到自己也被關懷愛護著，於是看天是藍的、看水是綠的、心情愉快，世界當然也是美好的了。由此看來，會「執子之手，與子偕老」，不是一家人，不進一家門，我和老先生當然是同一個世界一樣的人，緣分可深著哪。至於那些親朋好友、師友同事、鄉里芳鄰等等，留得住、留得久的，緣深；留不住、留得短的，緣淺；碰不到、見不著的，就無緣啦。

　　親愛的親朋好友，摯愛的家人，我們要長長久久在一起，做同一個世界的人啊。

碧山巖下無齡樂

健康活力、優雅自在的快樂

台北內湖碧山巖下一群好鄰居，這群小人物從年輕到兩鬢飛霜，在此地安居樂業經營數十載，賺錢養家之餘，大家也寄情蒐藏，或養殖耕作，或學書畫翰墨，甚至創作繪畫，成績斐然。在暮榆之年，身強體健，活力充沛，忙得起勁，不僅有居家的休閒雅好，也有出外旅遊踏青，還運動養生「樂長青」，更可說是不知老之將至的「樂無齡」，「無齡樂」啊。

有人說，人生有五個二十年，第一個二十年努力學習成長、第二個二十年努力成家立業、第三個二十年努力維繫家業，一直都在汲汲營營、奔忙不停著，唯有六十到八十歲這第四個二十年，是黃金歲月！這年齡有健康、有時間、有餘錢，可以享受人生，真正「做自己」。

確實，看看碧山巖下人家日常的「無齡樂」：大黃家清吉兄伉儷的書畫與藝術創作，件件精美絕倫，洋溢著生活美學，真藝術！再看郭家開心農場的瓜果纍纍、雞鴨成群、萬蜂飛舞，健康的田園生活，充滿純樸情趣，真快慰！再看我們小黃家與郭家用心蒐藏的各色鴨子

和關老爺，數十年蒐羅珍藏，材質、品項、意趣具佳，把玩、鑑賞、品論、興味盎然，真是畢生摯愛啊。

　　這些生活中的雅趣、旅遊、運動等等，在健康、活力、優雅、自在的日常裡，可以見證熟齡族的快樂泉源——做自己，真快樂。

黃家書畫創意勃發

　　黃伯伯清吉兄與黃媽媽淑藻賢伉儷書畫雙絕，在他倆退休後才藝「大爆發」，不只參加「長青學苑」書畫班認真習畫、還不斷練習、甚至自學創新，從花鳥、牡丹、梅蘭竹菊、到手繪提包恤衫、春聯條幅斗方等等，還有應景的母親節手繪康乃馨搖扇、獨一無二的過年紅包袋等等，作品琳瑯滿目，件件精緻又美麗實用，完全落實生活藝術化、藝術生活化的長青書畫指標，也是我碧山巖下芳鄰銀髮一族的最佳典範，黃家書創意勃發，人人讚不絕口，真是有口皆碑，令人欽佩至極啊。

　　黃伯伯清吉兄年滿七十從報關行退休，三年前（2015）才加入學校推廣教育「長青學苑」的書畫班研習書畫，黃媽媽淑藻比伯伯晚一年（2016）開始學畫畫，算是學妹，卻是書畫班老同學們的領頭羊，甚至還當上班長，是班級「領導」呢。

　　黃伯伯年輕讀書時學過書法，字寫得不錯，還參加過競賽，雖然幾十年沒拿毛筆，但一提筆寫字習起丹青，手感立即回復，他先跟著徐老師習字，後來再跟陳金海老師習畫，畫墨竹、畫蔬果、畫山水花鳥，也寫書法，還幫黃媽媽的畫作題字，十分熟稔、老練，每天都優游於書畫天地，頗為自在。黃伯伯畫風清新淡雅，意境宏

1	2
3	4

〔1〕-〔3〕黃伯伯、黃媽媽的書畫小品。

〔4〕慧玲揹著婆婆手繪包，獨一無二。

遠，構圖靈活，偶而俏皮，頗有高士之風，宛如孤山林和靖再臨人間。例如他畫鳥、畫雞，神來一筆的栩栩如生樣態，猶如孩童昂首歡呼，或是兩小無猜對話著，甚是可愛；而那松林與修竹，卻又是天地悠悠靜謐無言，四時皆美歲月靜好。

　　黃媽媽則是個愛花、愛美的天才藝術家，極具天賦，只是以前「欠栽培」而已。我們看過黃媽媽年輕時的「撕畫」作品，雲朵飄飄、花團錦簇、小橋流水、屋舍儼然……，色彩繽紛，巧思巧手，意興遄飛，創意無限，真是「美極了」！可惜她自幼就忙著家務，結婚後又繞著孩子打轉，根本無暇顧及藝術創作，只曾短暫玩玩「撕畫」。現在孩子們都成家立業了，終於可以有時間創作，淑藻自己說，她最喜歡花兒，尤其是紫色的花，有空到處去看紫藤、看薰衣草，很想把所見的花容美姿一一留住，於是就到書畫班來學畫畫兒啦。

　　於是淑藻與清吉兄臨老攜手上學堂，跟著老師認真習畫，回家後更認真練習，三四年來，天天都揣摩習作不間斷，作品日益精良。尤其可佩者，是兩人不僅拜師習藝，遵照師囑練習，還自己上網搜尋其他書畫教學，觀摩學習，再自行琢磨改進，研發創作，開發出新作品，亦頗有可觀處，確實是「活到老，學到老」，苟日新，日日新，日進有功的好榜樣。

黃媽媽為了創作新作品，經常遠征台北後車站去採購提包、恤衫和配件，又到和平東路師大去買畫紙、顏料和畫筆，有如花木蘭要上戰場先去「東市買駿馬，西市買鞍韉，南市買轡頭，北市買長鞭。」當她畫好一個又一個的手提袋、肩背包、抱枕套，還有恤衫、手搖扇……，送給自家女兒、媳婦兒、還有好朋友時，大家都歡喜極了，趕緊亮出來獻寶一下，然後珍藏起來，愛不釋手。這可都是非賣品，嘔心瀝血的獨一無二之作，藝術無價，情誼價更高。

　　黃伯伯清吉兄與黃媽媽淑藻賢伉儷的書畫，為退休生活添加無數情趣，開創了一片璀璨天空！「碧山巖下三家春--生活藝文展」明春三月開展時，諸親好友可要同來分享，共襄盛舉呀！

鴨角樂園、開心農場

　　「鴨角樂園」在哪兒？往內湖碧山巖，循著碧山路蜿蜒而上，過了「開漳聖王廟」，看到白石湖吊橋，橋的另一端有座「開心農場」，就是「鴨角樂園」了。它的所有權屬於郭代書「鴨角」，這兒是鄰居好友、銀髮族眾人大家心嚮往之的碧山巖上一樂園，在台北大都會裡堪稱是「離塵不離城」的一方心靈淨土，現代「桃花源」！

　　郭代書老家在碧山巖下，麗華則是山上的孩子，他倆山上山下、談了一場「碧山巖之戀」，婚後幾年，機緣巧合，郭代書向麗華舅舅買下一小塊農地，名之為「Duck House」。原來，郭代書幼時小名叫「鴨母卿仔」，因為舊時一般人常為小孩起個粗賤小名，以避邪祟「好養飼」，因此才起名「卿仔」像個女生；加上其祖父以種稻為生，收成休耕則養鴨，鴨群有二三百隻之多，小時候，郭代書是要幫忙養鴨、顧鴨寮的，所以大家都直接喊他「鴨母卿仔」而不名。後來，郭代書長大結婚、又連生三個女兒，環顧全家都女性，他便自己決定並對外宣告：「我是男生，不是鴨母卿仔！從今以後要改名叫鴨角！」閩南語鴨角就是公鴨，郭代書的「Duck House」就是「鴨角樂園」，也是他的孩子們和親朋好友大家口中的「開心農場」。

郭代書與麗華夫妻的「開心農場」早在碧山巖山林保護管制禁建前，就開始開墾了，這座小農場地方不大，起初只是開墾幾畦菜園，後來漸次修築、規劃增添，於是分區耕作、菜園水池、小橋流水，有了涼亭，有了茶座，有了休憩小屋與談心雅座，還有了樹屋與寵物之家，甚至這兩年還設置蜂房、養了二十萬餘隻蜜蜂、自己釀蜜、而且量多質精，早已從業餘晉級到專業等級的了。

開心農場真愛開心

　　二三十年來這個「開心農場」經營得有聲有色，花木扶疏，四季蒼翠，涼亭茶座舒適怡人，自家栽種的蔬菜水果品類繁多，畜養的雞鴨家禽六畜興旺，鳥獸蟲魚寵物也都熱鬧非凡。這兒有養雞、養鳥（鸚鵡、白文）、養魚（錦鯉）、養寵物（獨角仙、小烏龜、穿山甲、蝌蚪青蛙），同時青菜蔬果應有盡有：空心菜、地瓜葉、茄子、蘿蔔、苦瓜、大黃瓜、小黃瓜、瓠瓜、絲瓜、冬瓜、韭菜、青蔥、糯米椒、高麗菜、南瓜……，不勝枚舉。這麼多年來，郭家餐桌上的菜蔬與肉品蛋類，都是自家生產，有機、無汙染、絕對健康。連我們這些兄弟好友也常常受贈，分享蜂蜜、土雞、雞蛋與各色時蔬，真是幸福到家！

郭代書雖然業務繁忙，但農事絕不耽誤，每日上班前、下班後，晨昏一定到「開心農場」，勤於耕耘澆溉採收，假日全家大小都匯聚於此，休憩樂融融，親朋好友也會來此造訪，共同享受半日的靜謐，「鴨角樂園」果真是名副其實的「開心農場」。尤其令人感動的是，麗華幾年前罹病，郭代書全力照護，除了陪同醫療、精神支持，為了麗華的飲食與健康，他更認真種植各色有機蔬菜、飼養天然土雞、學習養蜂釀蜜，還親自下廚洗手做羹湯，從自家的「開心農場」產地直送自家廚房、再直達餐桌！這一份真心真愛，誰人比得上？誰人做得到？他為「真愛」（麗華）而努力耕耘務農，現在五年過去，麗華已完完全全恢復健康，連「重大傷殘卡」都被醫院收回去了，「開心農場」實在功不可沒，真正開心啊。

鴨角樂園蒐藏群鴨

　　至於「鴨角樂園」的另一「真愛」：鴨群蒐藏，那就更豐富美麗、多姿多彩，令人愛不釋手了。由於自名為「鴨角」，故而郭代書自民國八十年起，開始收集各色鴨子藝術飾品，多數是自己在各地遊逛購回，也有好友相贈，海內外群鴨匯集，現有群壓超過二三百隻，十分熱鬧可觀。

這些鴨子，材質不同，包括有：木質的（柚木、松木、原木……）、銅製的、玻璃纖維的、玻璃水晶的、印尼椰殼的、印尼蠟染布的、鐵製的……；鴨子的大小不一，從小如一截小指頭，極其迷你、不到一釐米，到一個巴掌大、十數釐米，甚至龐然大物、有如一個巨嬰、大小近百釐米；牠們姿態各異，或成雙成對，有母子、有情侶、有手足，或三五成群，或家庭聚會，也有昂然獨立的，都十分可愛，讓人一看再看，把玩再三，不想放手。

　　看看這群鴨子，有綠頭鴨、有鴛鴦水鴨、有野雁、有番鴨、還有小白鵝和天鵝，欣賞群鴨，順便認識鴨子品種與習性，還可以分享人與鴨子的奇遇緣分。人生必須要有點「樂趣」，才有意思。蒐藏群鴨，是雅趣，人鴨交流，人鴨一體，鴨角賞鴨，更添情趣，絕不是玩物喪志，所以，當我們出門旅遊時，都樂意順道給「鴨角」先生帶兩隻「鴨子」回來當伴手，一起賞鴨呱呱樂。

關公來護佑！我家蒐藏關老爺

　　我家老先生是職業軍人，數十年來家裡蒐藏有大大小小數十乃至上百尊的「關公」！這些關老爺的化身，來自銅、鐵、錫、陶土、木、石、瓷等各種材質、有坐讀春秋、挺立握刀、騎馬上戰場等各種神態，蒐藏奉祀關老爺，只因為阿兵哥就是崇敬「武聖」關老爺啊。

　　提起關聖帝君「關老爺」，不僅軍人崇敬他，警察敬拜他，連江湖弟兄也祭祀他，庶民大眾視關老爺為軍警、江湖弟兄的保護神，還身兼武財神，幫天下人賺錢，甚至還跨界當上佛教的護法伽藍，是以千百年來四處可見「關帝廟」、「恩主公廟」。傳說，民國以後，經由選舉，現任玉皇大帝正是關老爺！等於從總統到國防部長、警政署長、財政部長、憲兵隊長、黑道老大，關老爺一神全包啊！甚至，京劇戲齣裡也常搬演許多關公傳奇故事，關公是許多人心目中的第一「男神」，堪稱庶民百姓心中非常重要的「男神」至尊無疑。

　　史書記載：關羽（西元160年－219年），字雲長，河東解縣人（今山西運城），生於東漢桓帝延熹三年六月二十四日，乃漢末三國時劉備的重要將領，曾留下許多膾炙人口的傳奇故事。關羽十七

歲結婚，十八歲生兒子關平。二十九歲時，因當地鹽商欺壓百姓，關羽鋌身赴險，殺死鹽商，出逃到河北涿州，結識張飛，再遇劉備，三人恩若兄弟，金蘭結盟，從而跟隨劉備，為匡復漢室南征北戰，四十歲時被封為壽亭侯。四十九歲受封襄陽太守、蕩寇將軍，五十四歲封為董督荊州事。五十九歲在湖北當陽舍生壯別人世。

關公生平義氣貫乾坤，以「仁、義、禮、智、信」著稱。千里尋兄為「仁」、華陽放曹為「義」、秉燭達旦為「禮」、水淹七軍為「智」、單刀赴會為「信」。傳說關羽身長九尺六寸、鬚長一尺六寸，面如重棗，唇若抹朱，丹鳳眼，臥蠶眉，與其忠義氣概正好互為表裡，是以關帝廟楹聯有讚曰：「精忠沖日月，義氣貫乾坤，面赤心尤赤，鬚長義更長。」

自漢以來，我國民間信仰儒、釋、道三教漸漸融合，關公正是儒釋道共同的神靈，極為罕見。儒教尊奉關公為五文昌之一（讀書人將文昌、朱衣、魁星、呂仙與關羽合稱為「五文昌帝君」），尊其為「文衛聖帝」，或稱「山西夫子」，或尊他為亞聖或亞賢，說：「山東一人作春秋，山西一人看春秋」。佛教也以關公忠義足可護法，並傳說他曾顯聖玉泉山，皈依佛門，因此，尊他為「蓋天古佛」、「護法伽藍」。而道教則奉關公為玉皇大帝的近侍，尊他為「翊漢天尊」，「協天大帝」或「武安尊王」。

目前在台灣民間祭祀關公，經過千百年的演變，早已脫離正史的《三國志》或小說《三國演義》裡的關羽，而成為多元化的神明：

一、**武財神**：據說，關公年輕時，在家鄉從商，以販賣布匹為業，精於理財，最擅長算數記帳，曾設簿記法，並發明日清簿，這種清楚的記帳法，即為現今一般商人所使用的流水帳。關公所用的青龍偃月刀，十分鋒「利」，與生意上求「利」同音，求之獲「利」。一般人合夥做生意，最重義氣和信用，關羽信義俱全，因此被後世商人尊為商業守護神，並視之為保佑人們發財的「武財神」。

二、**醫藥神**：民間相信，人們所以生病或遭遇不幸，多起因於鬼怪魔神作祟所致。關公被尊為三界伏魔大帝，民間多前往祈求關公驅魔治病。因此，在關帝廟常設有藥籤，關公又成為醫藥之神。

三、**戰神**：關公是曠世大將，其勇武舉世稀有，習武者視之為武聖，是尚武者的保護神。因此，歷代尊奉武聖關公為戰神，是軍人的保護神，民間役男入伍服役時，亦多會前往關帝廟求香火或靈符以護身。

一般作為商業神、武財神供奉的關公神像為坐看《春秋》，而軍界警界或習武者所供奉的關公像多為手拿「青龍偃月刀」或騎「赤兔馬」，據知香港的警司官署幾乎都有奉祀關公。我家老先生任職軍旅逾四十載，無論是駐守台灣本島外島、山巔海岸、軍校高司各單位時，辦公室座位後方必有關老爺坐鎮守護，甚至我還見到老先生在小金門（烈嶼）坑道內的指揮官辦公室一整排的關老爺，一齊加持護衛部隊官兵的平安呢。也正因為戮力奉公、忠於職守、用心經營，虔敬崇祀關老爺，效法關羽的「仁、義、禮、智、信」武德，所以我相信，我家老先生當時（1999）駐守小金門時，曾有運補船進水船難事件，很幸運地阿兵哥都能都安然無恙；又曾遭遇雨潦成災，坑道突發積水，阿兵哥也都幸運地逃過一劫；這在在都是關老爺護佑有功啊。

　　我們家蒐藏關老爺，無關乎耽溺宗教神祇，也不是盲從的偶像崇拜，更不為升官發財祈求名利，只是虔心敬謹地無愧天地、認真生活，想要效法武聖關公的「讀好書說好話，行好事作好人」，因為崇敬而蒐藏，怡情養性兼修身自省罷了！

從淡水老街木雕藝品店請來的關老爺，坐鎮我家客廳已二、三十年矣。

東瀛紀行：伊豆小遊有感

十一月初，深秋立冬前，有機會到日本本州伊豆半島小遊數日，純度假，在走馬看花的浮光掠影裡，體會日式泡湯休閒與飲食宗教文化，見識到日人的自制與敬業，遊覽暢快之餘，也對大和民族增添幾許敬意。

這一趟我是跟隨老先生的同業員工休閒旅遊，不血拼不採買，故而行程無負擔，沿途飽覽山水風光，景致宜人，日式居處早晚泡湯，通體舒泰，品嚐道地日式料理，更是絕佳享受。不過在短暫旅遊中，仍會時不時想到自己的家鄉，我們台灣呢？他山之石可以攻錯，有許多值得借鏡處。

我20年前即曾到沖繩一遊，但似乎琉球的日本味兒仍不足；這些年來來去去在成田機場轉機無數次，卻都不曾入境東京停駐或旅遊，所以，對伊豆之行就更為期待了。第一天早上由台北出發，桃園東京航程僅兩小時半，過午即達成田機場。首日行程就在橫濱，遊覽橫濱21世紀港區，看看Landmark Plaza廣場，晚餐是橫濱「久福」河豚火鍋御膳，夜宿橫濱國際洲際飯店。

橫濱印象：乾淨與前瞻

　　150多年前，日本關東原有舊港埠是在伊豆半島的下田，距離東京遙遠，因緣際會之下，橫濱於1859年開港，成為今日日本第二大城。江戶時代，日本鎖國，東印度艦隊司令美國人馬修培里1853年第一次率艦隊到橫濱，要求開埠通商、呈遞國書，為江戶幕府所拒；次年培里的軍艦又來要求船艦補給，幕府終於同意並簽訂日美通商條約，隨後西方各國都來橫濱而簽下五國通商條約，於是橫濱從漁村蛻變為東西交會、和洋兼具、既傳統又現代的經文大城。自此橫濱迅速發展，人口從100戶500人的小漁村增加到現今超過360萬，繁榮富庶；近年來橫濱更朝未來城發展，21世紀港區從船舶進出、貨物吞吐、交通建設、到遊樂設施，都十分新穎可觀，頗具前瞻性，購物廣場也是商場、車站、地鐵三合一的複式建築。而港區的這些規劃與建構，都早在30年前就已建置完成了。

　　我在日本的第一印象，最為佩服的是，怎麼能做到這麼乾淨、整潔！從機場到橫濱，大街小巷、商店住宅、公園港區，處處整潔雅致，沒有任何一丁點紙屑、垃圾或煙蒂！就連那街道兩旁的路樹植栽、店家小花圃的花草樹木，也都修治整潔，即使是鋪排在邊緣的小石頭也都乾淨無塵垢，可謂芳草鮮美，中無「雜物」！第二天

早晨，我們到洲際飯店外港區散步，港區公園廣場、步道、堤岸有不少人在運動健走，但見陽光普照、地面石板與草坪都整潔無廢物，沒有垃圾桶，也不見樹葉、垃圾與雜物。甚至應該有魚腥味，有塑膠袋和紙屑的港區海岸步道，也只有水波蕩漾、海水清澈見底，木棧道接連觀光船購票處，一路都是乾乾淨淨、清潔溜溜，空氣清新！不由得令人嘖嘖稱奇，打從心底讚嘆不已。這讓我想到我常去的梧棲港，還有淡水與八里，還有高雄港，差別何在？國民素養與自制的民族性，或許是關鍵吧？

明治維新：強國與改革

第二天我們往伊豆半島走，上午到江之島，看江島神社、登江島展望燈台觀賞陸連島景觀，下午到葛城山搭纜車遠眺富士山，夜宿稻取銀水莊溫泉飯店，中餐是「木曾路」的和牛壽喜燒，晚餐則為稻取銀水莊的日式定食宴席會餐。這一天──11/03，正巧是明治天皇冥誕的明治祭，我們沿路看到不少男女老少穿著和服到神社去，原來明治故世100多年來日本人依然如此愛戴、深深感念明治天皇。

明治天皇（1852.11.03－1912.07.30），在1867年即位後，倡導明治維新，是近代日本改革最為顯著的日本領導人。他親政後遷都東

京、頒佈明治憲法、展開維新圖強大業，明治維新帶領日本自封建社會邁入工業化世界大國。當年明治維新一系列改革，就是富國強兵、殖產興業和文明開化三大政策，改革軍警制度，建立新式軍隊，創辦軍工產業；學習西方文明，引進西方科技與管理；發展現代教育，培養現代人才，整體提高國民素質。大約150年前的明治維新可以從明治天皇親政後不久，率領公卿諸侯祭告天地，宣讀《五條御誓文》開始：

一、廣興會議，萬事決於公論；

二、上下一新，共展經綸；

三、文武百官以至庶人，務使各遂其志；

四、破除舊日陋習，一切從天地間之公道；

五、求知識於世界，大展皇基。

這是日本崛起的宣言書，今日看來，還是頗有膽識，有遠見，有氣魄。不過我更感興趣的是，明治天皇自己學習劍道身體強壯，眼見人民卻因飲食崇尚清淡多瘦小羸弱，為了改善國民體質，天皇就發佈消息、印製傳單，宣傳天皇與皇后到飯店吃牛肉、喝牛奶，鼓勵民眾跟進。所以今天我們來到日本，也能吃著和牛壽喜燒，鮮

嫩多汁、味美可口，這是拜明治天皇之賜。再看到今日百姓絡繹於途，盛裝參加明治祭，虔誠感念；走訪神社時，又見識到日本神道教儀規一致，進入神社先滌手淨心，祭拜規矩統一，鞠躬、拍掌、祝禱，原來這也是明治天皇所制訂頒佈的。日本人許多制度，許多科儀，許多思維與態度，都是明治沿襲至今。作之君，作之師，他做到了。

相對應於日本的明治天皇，同一時期中國在位的帝王是同治、光緒和宣統，也就是慈禧太后那時候，義和團、太平天國、八國聯軍、鴉片戰爭⋯⋯的年代。那時節，執政的大清朝我們在想什麼？我們在做什麼？令人感慨，歷史無法重來，思之憮然，唯有嘆息。

敬天敬人：虔敬與傳承

第三天我們走的是人文與自然行程，走訪淨蓮瀑布、修善寺溫泉、修禪寺、漱石之道、竹林小徑、土肥金山等景點，頗能發思古幽情。午餐是修善寺溫泉的東府懷石料理，晚餐為堂島新銀水的日式會餐定食，夜宿堂島新銀水溫泉飯店。

在淨蓮瀑布入口處，見到川端康成的《伊豆舞孃》塑像，遙想小說裡川島與薰的伊豆之旅；在修禪寺外走過幽靜的漱石之道，閱

讀牆上夏目漱石作品，格外有感覺；在土肥金山的礦坑裡走過400年前坑底概況，又摸過資料館的金氏世界記錄大金塊，再實際淘砂揀出10顆小金沙粒，真是過癮。在泉水凜列的瀑布河道、曲徑通幽的小橋流水和古木參天的佛寺神社裡，我看見日本人對自然景物、對人文藝術、對歷史文物一貫的虔敬，認真的傳承，古道照顏色，美麗動人。

　　淨蓮瀑布高25米寬7米，是伊豆最大瀑布，日本瀑布百選之一，水瀑壯麗、氣勢磅礡，據傳昭和天皇曾為之讚嘆。我在淨蓮瀑布看到河水清澈冰涼，河道植滿山葵（芥末），原來這瀑布源頭是缽窪山狩野川，海拔僅310米高，但水質潔淨沁涼，夏季高溫也不過16度，四季涼爽，是以適合栽植山葵，養殖香魚、岩魚、乙女魚（少女魚）等「環保魚」。我喜歡那芥末田綠油油一片，煞是美麗；而香魚水底優游，不遠外邊店家就在烤著販售，有點難以接受。如鱒魚這類環保魚與山葵都是需要潔淨的天然環境才能生長，我知道阿里山也有山葵和鱒魚，可惜因污染而幾稀矣。

　　至於《伊豆舞孃》正是諾貝爾文學獎得主川端康成的成名作，1926年發表的小說，寫的是孤兒院成長的青年川島到伊豆旅行，巧遇一行六人的流浪藝人而同行，川島與舞孃薰雖是陌生人，卻在行旅中感受到親近相待的寬慰。最後行旅結束，各自回歸原有生活軌

道，這雖是一場短暫的相聚、和一場難有結果的情感，可是川島卻因這段經歷，而得以從寂寞疏離的心境中得到解脫，重新體會到與人親近、相互信任依賴的可貴情感。

川端康成的《伊豆舞孃》是以伊豆福田家溫泉旅館為寫作背景，川端康成曾多次下榻於此，留下許多親筆手稿，而年近百歲、氣質優雅的旅館老闆娘，也是福田家的絕代風景之一。傳說中，她與川端似有若無的忘年情愫，正是伊豆舞孃小說的靈感來源呢！我們何其幸運，今日還可以在福田家溫泉旅館看到川端康成手稿，欣賞伊豆舞孃劇照，揣想小說人物的情思。再想到，我們身旁就有相知相愛的親人友朋相伴，可不是更幸運了？

從《伊豆舞孃》到「漱石之道」，再到「修禪寺」、「土肥金山」，我一路感受到日本人的「敬天與敬人」，對自然景觀、環境資源、歷史建築與人文藝術的崇敬、保存、維護與傳承，完全的虔誠、敬謹、慎重，確實令人敬服。不僅有川端康成（1899-1972）的「福田家」和《伊豆舞孃》，也有夏目漱石（1867-1916）在伊豆療養、寫作、散步的「漱石之道」；有女郎蜘蛛傳說的淨蓮瀑布，也有江戶幕府時代的黃金傳奇淘金遺跡，還有千年歷史建築修禪寺，木石神佛鐘鼓一一俱存，著實令人流連再三，不忍離去。或許是受到伊豆半島這一份虔敬的態度感染，看到他們的用心傳承，我以為

日本的進步與文明，是應該值得驕傲吧。

自信自重：敬業與堅持

　　第四天準備回家了，我們只安排了東海道新幹線體驗（三島至東京），以及東京銀座法國米其林大餐，下午就一路往機場，直飛台北了。這幾日伊豆小遊，天天泡溫泉，早湯晚湯，泡得通體舒泰；每日早晨海邊散步，觀覽無敵海景，海岸乾淨，海天一色，景致絕美；當然還有品嘗日式料理，接受日式住房與餐飲服務，看到了日本人的敬業與堅持，他們的自信與自重，怪不得他們會成功。

　　我們這些天的餐飲，不論是日式壽喜燒、河豚火鍋、定食、會餐，或西式料理、早餐，還有飯店住宿，服務人員都是穿著整齊的日式和服或西式制服，服務時，面帶微笑、謙和有禮，作業既專業又俐落，當我們車子要離去時，都全員列隊揮手道別，真有禮。

　　印象深刻的是，銀水莊餐廳裡那年長與年輕的女同仁，一樣穿著和服，來回穿梭，烹調送餐，迅速確實，始終輕聲細語、面露微笑，雖無法以英語溝通，卻溫婉又認真，堅持做到完美。而橫濱洲際飯店那年輕的男服務生，高挺俊拔，服儀齊整，一頭乾淨短髮，手臂上掛著餐巾，輕聲詢問客人需求，有禮又自信，沒有時下年輕

〔1〕東海道新幹線車站。富士山初雪在眼前。
〔2〕伊豆舞孃的雕塑
〔3〕伊豆泡湯

人的桀傲不馴，只有認真與敬業，令人歡喜。還有在江之島時，我也看到停車場一位歐基桑管理員，已是中午午休時間，大太陽下天氣正熱，仍穿著整齊制服、騎著腳踏車，推車上路，準備巡場去。我看他一臉黧黑，滿是風霜，卻身材精實，穩穩地踩著腳踏車前進，應該也是敬業一族的堅持派吧。

　　就是這些日本人，這些伊豆小人物，讓我看到日本人熱愛工作，自信又自重的工作態度，表現出來的專業精神，就是堅持與敬業。為什麼大家愛用日本產品？為什麼大家會到日本旅遊？答案就在日本人的敬業態度，為他們自己作了品質保證。

　　伊豆四日小遊，東瀛紀行特記錄心情隨想如上。

歐遊捷奧，文明洗禮

生活中最是愉快舒心的，莫過於能夠放慢腳步，且來一趟出門旅遊，找尋一方淨土，發現平靜、欣然又永恆的人生意義吧。

2018年三月，我和老先生第一次歐遊捷奧，十二天的行程，飽覽壯麗山水與歐洲文明，真真令人流連忘返，樂不思「台」了。但十二天行程的首尾兩日，都是在飛機上，長途飛行旅途中，所以旅遊的時間就只能算是十天吧。

Day 1，從維也納到捷克，三月瑞雪兆豐年！我們在捷克遇雪，開心地走入童話世界與歷史文化中。

經過前一天晚上在飛機上的一頓宵夜飽餐，再酣睡一宿，直航12小時多，還頗舒適便捷，大家精神體力都好，早餐吃過後就到維也納了。三月二日早晨飛抵達維也納時，機場天氣酷寒，攝氏零下七度，大家重裝備全都上身，還再手捧一杯熱咖啡才夠暖呢。

出了機場，隨即驅車前往捷克波西米亞地區的泰爾奇（Telc），這個1992年聯合國教科文組織指定保護的小鎮，童話世界裡繽紛色彩小屋與教堂、雕塑羅列，豐富、靜謐、優雅得令人歎為觀止，難怪2013年被評為歐洲最美七小鎮之一。

在享用波西米亞風味烤雞腿午餐後，我們再到庫特納荷拉，又

一處在1995年被UNESCO列入世界文化遺產的古城，看中世紀銀礦盛產時期的義大利宮（當年義大利工匠在此鑄幣），還有聖巴巴拉教堂，在在令人感動，走入歷史中，頗有思古之情，在冷冽的天氣裡，胸懷悸動。

夜宿布拉格希爾頓Hilton Prague，晚餐吃的是布拉格一家澳門人開的「豪」中餐，正巧是元宵節，大家飛越萬里，在歐陸天涯一隅，有緣與老朋友團聚共享元宵，別有一番情趣，尤其今日捷克遇雪，又飽覽歐陸文化采風，真是令人深感幸福滿足，在捷克古城庫特納荷拉，咱家老先生就拍了一百多張照片，見證並紀錄這豐富的文化之旅，充實的歐遊第一天。

Day 2，三月三日捷克天氣晴而冷，但我們卻都醉了。沈醉在布拉格，擁抱波西米亞傳統文化與歷史建築的豐美繁富裡。

早上到老皇宮參觀，數不清的大教堂、舊皇宮、總統府，在布拉格山城城堡區，深深體會到百塔之城、千塔之城的建築之美，色彩、雕飾、造型，蘊藏數百乃至一二千年宗教的、歷史的、文化的、藝術的底蘊，實在令人既感動又陶醉，深度的文化之旅，很值得！

我們走在查理士橋上，遊客如織，搭船遊伏爾塔瓦河，看河兩岸的教堂尖塔高聳、古蹟建築連綿，捷克人選擇不戰而降，以保存文化歷史與民族命脈的用心和勇氣，令人欽佩。深度旅遊布拉格，

當然少不了搭不同的電車、走訪廣場與市街，還有購物與吃食，買知名保養品和小紀念品，再吃米其林餐廳的烤鮭魚大餐，市政廳的捷克風味牛排大餐，都很美味。啊，布拉格的我是又飽又醉了。

Day3，三月四日布拉格新舊城區漫遊，並觀賞捷克國劇黑光劇，這是繼城堡區的古堡、古城歷史遊之後，可以再深度探訪捷克現代文化一日遊，很幸運，很有感。

地陪導遊王寶，超強！一個1993年移民捷克的大陸東北長春人，文化素養高，有深度，可從歷史宗教建築到文化，鉅細靡遺地解說導覽，一氣呵成，令人讚嘆。

我們一早漫步街區，看巴洛克風格、洛可可建築、文藝復興風格到慕夏新藝術風格，一一見識並做辨識。再從新城區走香榭大道（巴黎大街精品一條街），還看1989布拉格之春、1968絲絨革命運動的廣場所在地，以及猶太區墓地教堂與建築物，還有現在的市民會館、天文鐘、布拉格廣場胡思紀念碑與提恩大教堂……等等，細數每一建築物都有說不完的典故，真想一直聽下去，可卻幾乎裝滿腦子，要吸收不了啦。

走著走著，穿梭街頭，穿街走巷放眼搜尋，想到要帶點布拉格的東西回台北，可是這些文化歷史之美，卻都搬不回去啊。

Day4，三月五日捷克溫泉小鎮之旅，體會中歐森林、溫泉、渡

假勝地風情。

　　我們造訪卡洛威瓦力（Karlovy Vary）與瑪利安斯凱（Marianske）雙鎮，地名意即溫泉國王、溫泉王后，可見其為人推崇、大受好評之一斑。

　　兩溫泉小鎮都在山區，高聳的松樹、白樺森林遍布，皚皚白雪仍在，還有溫泉公園的菩提與雕塑，也別有情味。

　　溫泉在此地是用來喝的，據稱有療效，卡洛威瓦力的市場溫泉、磨坊溫泉及商街已有數百年歷史，哥德、莫札特均來過。至於瑪利安斯凱小鎮，雖時間較晚，但我以為景觀更勝一籌，風情萬種，難怪是歐美人士渡假避暑勝地，冬遊亦有情趣。

　　我們漫遊小鎮，喝了許多溫泉水，還有特製的溫泉杯呢。傍晚還到公園與旅館區尋幽訪勝，玩起雪球。晚上則夜宿瑪利安斯凱的五星級飯店Esplanade Hotel，吃鱒魚大餐。今天是一個特別的歐式溫泉日。

　　Day5，三月六日，庫倫洛夫古城，我們來到波西米亞南部中世紀王子公主和騎士的世界，十分奇特美好的一天。

　　庫倫洛夫這座13世紀以來的古城，有伏爾塔瓦河由南往北蜿蜒流過，14世紀初由Rosenberg玫瑰家族統治300年，後來17世紀後又有Eggenberg、Schwarzenberg家族統治，所以古城小鎮多文藝復興及

巴洛克風格建築，十分美麗。

　　1992年這裡被指定為世界文化保存遺產，現在人口僅一萬二千人，小鎮有中古世紀迄今的古老城堡、教堂、紀念碑、彩繪塔……等，宛如走進那騎士、王公貴族的世界。尤其我們在大雪紛飛中造訪古城，雪中美景就和聖誕卡片一模一樣，夢幻般的綺麗世界，好美！

　　今天住進庫倫洛夫古城500多年歷史的五星級飯店，玫瑰飯店Hotel Ruze！古色古香老家具，城堡飯店裡有很多古董，五瓣玫瑰旗的家族標誌處處可見，昔日輝煌盛景依稀存在。晚上，大家還一起換裝，角色扮演，來個貴族晚宴，很有趣，飯後再來個雪夜散步，大夥兒興致頗高呢。

　　Day 6，三月七日由捷克轉往奧地利，從歷史文化古城進入阿爾卑斯山區的人文自然景觀裡。早上從庫倫洛夫出發，準備前往奧地利。對庫倫洛夫古城，這個700年歷史的世界文化遺產，如夢如幻的美景，實在留連忘返，出發前臨去秋波，就再多看一眼，再多玩一把雪吧！接著我們來到奧地利的哈修塔特Hallstatt與聖沃夫岡St. Walfgang兩湖區，這兒也是UNESCO列入世界遺產保護地點，優美如畫，可比天堂！

　　捷克有一千萬人口，七萬八千平方公里，已經讓人感覺地廣

人稀，歷史文化豐富，而且風光無限美好。可到了奧地利，更是宛如仙境！奧地利八百六十六萬人口，八萬三千平方公里國土，多為阿爾卑斯山區70％在500m以上，高山雪水流下形成湖泊，清澈見底，崇山峻嶺、白雪皚皚、教堂高聳、小屋精巧、街道整潔、人文薈萃，真是太令人打心底喜歡，可流連忘返，終老於此啦。

　　我們在哈修塔特，第一次與大山湖泊面對面，有點泫然欲泣的感動，又有點暈恍崇敬的不真實，抬頭是青山巍巍、瑞雪山嵐、白雲藍天；身邊有湖水泱泱、白鵝優游，處處皆美。到了聖沃夫岡，湖水已結冰，看千年教堂古蹟依然屹立，與現代歐風建築和諧共處，白馬劇場也還熱鬧著，我們吃奧式鱒魚料理，住在湖畔的五星級飯店Scalaria，是知名的Event飯店系統，賞湖景，品美食，好滿足，真是太美好了！

　　Day7，歐遊第七日，巧逢國際婦女節三月八日，今日通關密語：你好美！說的不是你我她，而是國王湖Konigsee，國王湖真美，無與倫比的世界頂級無敵自然景色，天然的最美啊！

　　早晨散步，在奧地利聖沃夫岡湖畔，從聖沃夫岡教堂（創建於西元972年）眺望，湖光山色，別有洞天。在飯店湖畔吃過早餐，我們走德奧邊境阿爾卑斯山區，最負盛名的國王湖，入境德國，看山光水色，搭船遊湖，讚歎萬年前冰河時期留下的高山湖泊，岩壁、

雪景、湖畔禮拜堂……，真是目不暇給。船上還有小喇叭表演聽迴音，很新鮮。

下午造訪奧地利Hallein哈連鹽礦，也是一絕，有數百年歷史，第一次有機會親自來做鹽礦礦工的體驗，很有趣。晚上住宿在薩爾茲堡，又一個1996認證的世界文化保存古城！

Day 8，歐遊第八天，三月九日，薩爾茲堡古城充實的文化之旅。

我們上午在薩爾茲堡盤桓，仔細地遊賞城堡舊城區，從音樂神童莫札特的故居、巧克力、古城歷史、到建築市招，再搭纜車登上古城山頂要塞，聽主教的故事、飽覽世界級古蹟與風光。

薩爾茲堡全城皆歷史古蹟，是聯合國教科文組織列入世界文化遺產保護區，不小心抬頭看到的都是500、700、900年歷史建築與文化見證，令人讚嘆不已。尤其古老的教堂、弄堂式街道、鑄銅特色招牌，更令人駐足流連。中午我們就在"藍天鵝"用餐。當然，我們也走訪米拉貝爾花園，每天都走一二萬步，可說是用腳走出薩爾茲堡的深度之旅，當之無愧。

下午搭Rail Jet火車，體驗歐陸火車軌道交通，從薩爾茲堡到維也納，2個半小時，晚餐在維也納吃中國菜，夜宿維也納的希爾頓飯店。迄今行程已近尾聲，離家近旬，有點思鄉，卻又感覺有點走馬看花，意猶未盡。呵呵，人心啊人心，還是隨緣知足吧。

Day9，歐遊第九天，三月十日，真正的維也納一日遊，只能點到為止，儘量「走馬看花」了。

　　維也納的早晨，微涼，昨夜有雨，時序已然初春。這是個充滿藝術、音樂的文化之都。一天之內我們認真參訪熊布朗宮（意即美泉宮），貝爾維第列宮（夏宮），霍夫堡宮（冬宮），真的是看不盡的人物史蹟、數不盡的歷史風華，往事繁華並不如煙，建築與文物歷歷在眼前，2002年維也納古城區也被列為世界文化遺產保護對象，面對千百年史蹟的我們，只有崇敬與讚歎以及用心保護維持而已。

　　走著走著，看不完的維也納歷代精彩繁華，只有隨車子經過，瀏覽現今的市政廳、歌劇院、國會、大教堂……等，再到百水公寓看看現代藝術建築，並到聖史蒂芬大教堂旁名品街感受一下血拚樂，姑且說是「失控的維也納」吧！人人都好想要敗家，就是口袋不夠深。

　　今天的餐點都是頂級特色餐：中午奧式「清燉牛肉」，晚上則是「紅頂商人」，美味可口極了，大家都說應該再來品嚐的。意思是：維也納，我們將再回來！對吧？

　　Day 10，三月十一日，天清氣朗，維也納景致宜人。準備回家了，在維也納機場候機中。行李不少，因為貪心，增加不少負荷，連RIMOWA登機箱也要扛回家了。

經過大半日的飛行，一早抵台，已是台北的三月十二日，馬上回復正軌，直奔公務與上課去，中午才見到小光，幾日沒抱，十二天裡又長得圓乎乎了些、厚墩墩的，還會ma-ma的喊阿嬤了呢！出門雖好，但「家」畢竟還是最強的磁吸源頭，不是嗎？歐遊捷奧，文化豐贍又炫麗，湖光山水與峻嶺雪景，令人心嚮往之，胸臆充實，可是回到台北家園，卻又安定而溫暖，恬然自在。

　　這讓我想起一幅黑白照：在風雨飄搖的黃山絕頂，大陸知名畫家吳冠中在畫畫。而她的妻子就站在後面，默默地為他舉著傘……。多年後，她患上老年痴呆症，總怕瓦斯沒關好，去廚房來來回回地開關瓦斯。而吳冠中就跟在她身後，她開了，他就關，從不嫌煩……。其實愛情不在花前月下，而是在風雨同舟時、柴米油鹽間！細水長流是真愛，平凡真幸福。

　　歐遊很棒，回家也很好。捷克、奧地利十日遊結束，難忘中歐的大山、湖泊、宮廷與教堂，且將這份小小愛戀留在心底。居家久了，就要出門尋找另一片安樂園，發現平凡中的幸福，下回有機會一定要再歐遊去。

練太極，「慢」妙好處多

許多中老年人以太極拳為養生鍛鍊的主要項目，相信太極應該是有益於中老年人的「運動」與「養生」的。有一年，在太極拳班上，一位新同學美琪就曾問我：「你為什麼來學太極？學了太極有什麼好處？」當時我因下課匆忙，未能詳細回答她，沒多久她就不來打拳了，這讓我心中不無小小遺憾。

太極拳班的讀書會上，我們閱讀過《太極拳術》和《銀髮醫學，醫學人生》二書，前一本書讓我們理解到打太極拳是利用到人體全身，我們應先認識自己的身體、筋脈、肌肉、骨骸、關節，體會運動打拳時的呼吸吞吐、動作拳架、動靜轉換，促使身體自行調整、更為健康。後一本書中畢柳鶯醫師寫到〈如何善用這把老骨頭？〉，畢醫師提及我們要持之以恆，從事規律的運動，防止老化。她說：「三三三運動方案」，每周至少運動三次、每次運動三十分鐘、運動強度達到心跳一百三十下。慢跑、游泳、球類運動、太極拳、瑜伽，都是值得推薦的運動項目。也就是藉著打太極拳，修身、修心，我們確實認識了自己的身心，也調整了自己的態度，究竟打太極拳有何好處？我個人以為太極拳有助於改善個人的身體素質：

一、改進柔韌度：在太極拳的練習當中，我們全身肌肉都能夠得到有效鍛鍊，長此以往可有效增強肌耐力。例如慢速的走步、畫弧、屈腿或半蹲、重心轉移等等，在在都是訓練肌耐力的很好模式。同時，在太極拳裡的摟、拗、蹬、下勢等動作，也考驗著肌力與柔韌度，勤於練習必有改善。

　　二、提高心肺功能：心肺功能差者易罹病，反之，增進心肺功能有益健康，可提高自身的免疫力。因為打太極拳須保持呼吸自然、沉實，練習時還可以透過深、長、細、緩、勻的腹式呼吸方法來有效增強胸腔的容氣量，也增加吸氧呼碳的次數，相對地提高身體各器官的獲氧量。

　　三、治療消化系統疾病：打太極拳可以幫助我們治療各種消化道疾病，因為練拳時我們全身的各個關節、肌肉、骨骼都會相互牽引、絞纏、擠壓和舒張，而我們的內臟又因腹式呼吸而產生自我按摩作用，在鍛鍊中橫膈膜上下升降幅度會增大，對腸道蠕動有正面刺激作用，從而可提高消化功能，具有治療效果。

　　雖說學習太極拳已有時日，但因俗務纏身曾間斷鍛鍊數年，再拾拳術，體悟更深。每周上一次太極課，老師帶著一群「老大不小」的學生前一堂「熱身」，藉著全身各部位的活動來暖身，也一併檢視自己身體狀態，骨骼、筋脈與肌肉，從頭到腳都重新認識一

番；後一堂課就來「打拳」了，雖非「手把手」教拳，但揣摩、鍛鍊、交流之下，進步多寡就看個人修行與造化了。

無齡樂，樂長青，退休就是年齡到了，身體即將逐步老化，這是自然現象，為了健康，我們必須運動，而太極拳正是認識自己身體體能狀態，調整呼吸、舒展筋骨、強化肌力與耐力的最佳途徑。這些年來，我除了學拳，還學過八段錦及太極養生氣功，其實說穿了，就是「基本功」，扎扎實實的站樁、蹲馬步、屈膝、展臂、扭轉、迴旋……，**「簡單的招式，練到極致，就不簡單」**！

太極拳要求「立身中正」，於內於外、於體於用、一陰一陽、一開一合、都擇中運行，一收一放、一虛一實、都由中換發，總之就是，全身上下中氣貫通，以中正平和之道行之，周身內外一氣流轉，無所偏倚、無過無不及，這就是立身中正了。

以前的老師教過太極口訣：**「足溶大地氣深沉，意貫雙腳分虛實，全身鬆柔不著痕，借地引力千斤墜。」** 在練拳當中慢慢琢磨，個人體會到「站樁」與「馬步」最要緊，也最是根柢中的根柢，身形中正即由此來，我們也因為打太極拳而個個挺拔，沒人佝僂駝背，「食老倒縮」越來越矮小呢。

練拳需先修心，調整態度，釐清價值觀，「用意不用力」才能形隨心走，以「意識」打拳，在「柔和、放鬆、自然、緩慢」中，

感受到太極的「柔、緩、鬆、輕」之力與美。太極拳的奧義，尤其一個「慢」字，更需多多揣摩。

　　楊家太極楊澄甫大師在《太極拳十要》中說道：「太極拳以靜禦動，雖動猶靜，故練架子愈慢愈好。」但大師這一真摯樸實的開示，要真正落實並不容易。太極拳的特色在陰陽結合、剛柔相濟、內外兼修，其要點在內不在外、在陰不在陽、在柔不在剛，需要從「慢」字入手。故而中老年人學拳，首重心理，要鬆、要緩，切莫求好心切，心浮氣躁地急於學拳、打拳，呼吸急促、心跳加快，那就與太極拳背道而馳了。

　　但是，許多人一輩子為家庭、為事業而忙忙碌碌，等到有時間想運動健身打太極時，仍然「操之過急」，把學習太極拳當一樁任務看待，或隨著節奏與音樂習拳，為趕時間、趕套路、趕成效，急著完成任務而焦慮，始終「慢」不下來。也有人被瑣事牽絆，無法靜心練拳，心亂就急了；最好能找個安和靜謐的空間，從呼吸開始，自我觀察體會，沉澱自我，心無雜念，**呼吸平穩、勻稱深長，就可氣沉丹田了，這是「慢」的第一步。**

　　其次，太極「慢」練好處多。太極拳講究腳下虛實分明，單腿支撐體重，而且要連綿不斷的運轉，「慢」可增強腿部力量，可使身體沉穩，鍛鍊平衡。更重要的是，太極拳慢練，可以有最大限度

的放鬆，不僅肢體放鬆，思想意識也放鬆，心靜而進入忘我狀態，可使周身輕靈、元氣活潑、心境空明、從而使精氣神結合起來，神氣相依，以神氧氣，以氣養血，氣血調和，人的身體諸般功能都能夠發揮正常，自然可百病不生，身強體健，延年益壽矣。退休練太極，果真「慢」妙好處多！

十巧與八段錦，養生有道

簡單易學「十巧」手指功

現代人重視健康，中老年人也較關注健康養生議題，尤其運動養生，我更是身體力行，也樂於向人推薦，因為健康絕對值得推廣，「十巧」與「八段錦」就是我多年來不離身的健身法寶。

很多年前有一回去拜訪我的老師教育部楊國賜前常次，他年逾八旬紅顏鶴髮、筋骨健朗、精神矍鑠，令人既欣羨又佩服。楊老師說，他除了早晚到大安森林公園散步健走之外，唯一的養生運動就是做做手指運動「十巧」，簡單易學，且不受場地、時間限制，隨時隨地都可做，刺激穴道、活絡筋骨，真是養生好活兒。

我聽了楊老師的話之後，也就跟著練「十巧」，一摸上手，開車等紅燈秒數長，就兩手握拳敲敲拳頭；邊看電視節目，手上沒事兒，也就兩手十指交錯，搓搓指縫……；發現「十巧」果真實用，所以我自己玩，還到印尼也教婆婆練、到美國教小孫女兒學，大家一起記口訣、練「十巧」手指功，好好兒的大力傳播呢。

「十巧」源自於少林健身功「十巧手」，就是十個簡易的手上

運動，常練十巧手，輕鬆又健康：

第一巧，虎口平擊36次，打擊大腸經、合谷穴，可預防及治療顏面部位疾病。

第二巧，手掌側擊36次，打擊小腸經、后溪穴，可放鬆頸項肌肉群，預防骨刺擊鼓退化。

第三巧，手腕互擊36次，打擊心包絡經、大陵穴，可預防及治療心臟病痛，胸悶，紓解緊張情緒。

第四巧，虎口交叉互擊36次，穴位是八邪穴，可預防及治療末梢循環，如手麻腳麻等末梢循環疾病。

第五巧，十指交叉互擊36次，穴位是八邪穴，可預防及治療末梢循環，如手麻腳麻等末梢循環疾病。

第六巧，左拳擊右掌心36次，經絡是心經和心包絡經，穴位是勞合穴，主治消除疲勞，有提神作用。

第七巧，右拳擊左掌心36次，經絡是心經和心包絡經，穴位是勞合穴，主治消除疲勞，有提神作用。

第八巧，手背互相拍擊36次，打擊到三集經和池穴，調整內臟機能，預防及治療糖尿病。

第九巧，搓揉雙耳36次，耳垂的穴道很多，主治眼點、

顏面及腦部的循環。

　　第十巧，手掌心互相摩擦6下至微熱，輕蓋雙眼，眼球左右各轉6圈，週而復始做6次，運用氣功原理調整眼睛的經氣，預防近視、老花及視力模糊。

淵遠流長的「八段錦」養生氣功

　　另一套養生氣功「八段錦」也是自古即有，廣為流傳的健身法，我在退休後，跟著太極老師學太極兼練八段錦多年，日前在故宮博物院還看到清朝留存的《八段錦》圖冊，令人欣喜，吾道不孤。

　　以八段錦練功健身，歷史悠久，且流行廣泛，深受大家喜愛，其實早在北宋時已有記載，至今已有八百餘年的歷史。相傳八段錦源自宋朝，是岳飛見當時兵將離家八千里，壯志消磨，於是命牛將軍，為了袍澤戰友加強鍛鍊意志、體能、心神，擬定一套功夫，一律操練。

　　八段錦是一種內功健身法門，取自於「易筋經」天門第三節『千八攢』變招而成；但何以稱之「八段錦」？錦是古代上等絲織品，用多種不同顏色編織而成，珍貴美麗又多樣。古人把這套練功

動作視為袪病保健，動作完美的健身法，有如錦一般珍貴，此練功法共分為八段，故曰八段錦。

八段錦是由八種功法集錦組成，內容包括肢體運動和氣息調理，以內功調氣運氣為主，輔以肢體動作，促進氣脈循環，內外相合。所以八段錦是外形動作配合意念及呼吸來練就的功法。

八段錦簡單易學，動作單純，學習容易；不受場地限制，隨地可練，當然以空氣新鮮處較佳。八段錦全套練習不過十餘分鐘，可每日早晚鍛鍊一遍，時間不長，運動量可大可小，可自行掌握，方便靈活。

八段錦可活動全身肌肉關節，調節內臟器官，加速血液循環，強化體質。練功時身法端莊，姿勢舒展大方，且符合生理功能要求，氧量增強，是內外兼顧的健身練功法。多年來，我喜歡八段錦，有興趣，自我鍛鍊，也常推薦給身旁親友，長期堅持下來，實為一種享受，其樂無窮。

來吧！大家來練功，八段錦的八個招式：雙手托天理三焦、左右開弓似射鵰、調理脾胃須單舉、五勞七傷往後瞧、攢拳怒目增氣力、背後七顛百病消、搖頭擺尾去心火、垂手蹬足固腎腰。

《八段錦練習要領》

一、雙手托天理三焦

　　兩腳與肩同寬，立正、放鬆、呼吸調氣，（吸氣）兩手指尖相對、由腹前向上舉到托天，（呼氣）雙手向外劃圓放下，兩手十指交疊放腹前，（吸氣）右腳向前伸45度、右腳伸直、左腳膝蓋微微彎曲、彎腰向下、雙手垂直放地上，（呼氣）慢慢起身、雙手上捧、右腳收回，兩手至腹部放下，恢復原位。再換改伸左腳，來回呼吸。右左腳交錯八次。

二、左右開弓似射鵰

　　兩腳打開蹲馬步，垂肩、放鬆、呼吸調氣，（吸氣）兩手打開伸直指尖遙遙相對、由胸前向內收回到胸前，（呼氣）雙手向外劃開慢慢伸直、手指如射箭、轉頭兩眼往左直視，（吸氣）兩手向前收回至胸前、頭轉正，（呼氣）雙手向外劃開伸直、手指如射箭、轉頭兩眼往右直視，（吸氣）兩手向前收回至胸前、頭轉正、恢復原狀。左右交錯八次。

三、調理脾胃須單舉

　　兩腳與肩同寬，立正、垂肩、放鬆、呼吸調氣，（吸氣）兩手指尖相對、由下腹向上舉到腹前、右手向上單舉、手掌托天，（呼氣）右手引氣向下放至腹部、左手收回、兩

手指尖相對在腹前、恢復原狀。再換改舉左手，來回呼吸。右左手交錯八次。

四、五癆七傷往後瞧

兩腳與肩同寬，立正、垂肩、放鬆、呼吸調氣，（吸氣）兩手往背後伸，手背相抵、肩膀放鬆、身體由中間向左扭轉至極限，（呼氣）身體向中央轉回原位、恢復原狀。再換向右扭轉至極限，來回呼吸。右左扭轉交錯八次。

五、攢拳怒目增氣力

兩腳打開蹲馬步，垂肩、放鬆、呼吸調氣，（吸氣）兩手指尖相對、由下腹向上舉到腹前分開、兩手握拳，（呼氣）左拳至左腰測、右拳慢慢向前揮出、伸直。（吸氣）右拳向內收回，（呼氣）再換左拳慢慢向前揮出、伸直。右左揮拳交錯八次。

六、背後七顛百病消

兩腳併攏，立正、垂肩墜肘放鬆、呼吸調氣，（吸氣）兩手指尖相對、由腹前向上舉到托天，（呼氣）雙手向外劃圓放下，身體下彎，兩手順著後背大腿後側，由上而下滑至腳尖前方觸地，（吸氣）兩手指尖相對、由下往上至腹部，（呼氣）兩手相對上捧、翻面、下壓、恢復原狀。來回八次。

七、搖頭擺尾去心火

　　兩腳打開跨大步，垂肩、放鬆、呼吸調氣，（吸氣）兩手由地面向左向外繞大環、身體隨著左旋、雙手至頭頂，（呼氣）兩手向右向下環繞、身體隨著右旋、回復原狀、彎腰兩手垂地。左旋四回後，換右旋四回，共八次。

八、垂手蹬足固腎腰

　　兩腳與肩同寬，垂肩、放鬆、呼吸調氣，（吸氣）垂肩、墜肘、兩腳腳跟蹬高、至極限停留數秒，（呼氣）含一口氣用力呼氣、腳跟重重落地、至氣完全呼出止。來回蹬腳、呼氣，共八次。

＊註：八段錦練完，兩手來回搓熱雙掌、再搓命門、腎舒或頭頸部其他穴位。

——王素真整理

我要成為哪樣的人？

我要成為哪樣的人？一個60歲退休的人，難道還要寫作文大談「我的志願」或「我的嚮往」嗎？沒錯，60歲的我仍有夢想，還有想望，依然有著期許，我要成為哪樣的人？我想要成為和王鼎鈞一樣的人！

大作家王鼎鈞（1925年出生），迄今93高齡仍寫作不輟，令人敬佩。老作家的生命體驗是：「只有寫，才覺得活著」——

他從1970年代膾炙人口的《人生三書》（開放的人生、人生試金石、我們現代人）開始，就是一位充滿智慧的傑出說理者。接著以一系列懷舊自傳式的散文《碎琉璃》一書，糅合詩歌、戲劇、小說的表現手法，藉著一個個故事捕捉深刻生命悸動的情感，敘說著「一個生命的橫切面，百萬靈魂的取樣」，撼動著無數讀者的心靈！

到後來1980年代的《文學種籽》、《作文七巧》、《靈感》等叢書，依然至今仍被許多人敬謹的存放在書架上，從他的著作中，優美文句俯拾即是，更有如一串串珍珠，令人百看不厭，常常低迴吟誦再三。

寫作不輟、著作等身的老作家，聲譽卓著，幾年前（2012）在大陸山東家鄉有一場「王鼎鈞學術研討會」，主角卻不克出席，他

以文字致詞感謝。他說：

> 二十年前，我的一本選集在國內出版，我說過，我是一顆種
> 子，飄流到海外落地生根，長成一棵樹，結出很多水果，現
> 在把一籃水果送回來。二十年後，我的家鄉開這個研討會，
> 我覺得人生可以分三個階段，第一個階段是實用品，很好
> 用，很管用；第二個階段是裝飾品，用不著，可以看；第三
> 個階段是紀念品，用也用過了，看也看過了，但是捨不得丟
> 掉。我很僥倖能夠從實用品到裝飾品，下一步，我希望更僥
> 倖，從裝飾品到紀念品，想度到這個階段，就得有各位貴賓
> 的加持，各位的一字褒貶，就是我的生生世世。

王鼎鈞又說：

> 對我而言，人生的三個階段可以換個說法，動物的階段、植
> 物的階段、礦物的階段。我在全國各省跋涉六千七百公里，
> 再渡過台灣海峽，飛越太平洋，橫跨新大陸，我是腳不點
> 地，馬不停蹄，那時候我是動物。然後我實在不想跑了，也
> 跑不動了，我在紐約市五分之一的面積上搖搖擺擺，我只能

向下扎根，向上結果，這時候，我是植物。將來最圓滿的結果就是變成礦物，也就是說，一個作家的作品，他的文學生命，能夠結晶，能夠成為化石，能夠讓後人放在手上摩挲，拿著放大鏡仔細看，也許配一個底座，擺上去展示一番。這時候，也許有人為他辯護，說「無用之用大矣哉」！

　　偉哉，斯人而有斯言！想想一個無法遠行的耄耋老人，仍舊在紐約埋首撰稿，奮力寫作，最是教人佩服的，就是這一份「堅持」，「只有寫，才覺得活著」！其實我很汗顏，早在幾年前（2009），王鼎鈞完成《文學江湖》回憶錄時，我就以為他將從此退出「江湖」了，沒想到他不但繼續寫，而且還比以前寫得更多、更精采。接著2012年《爾雅》又出版他的新作《桃花流水杳然去》散文集，依然令人驚艷不已。甚至，前年（2016）在《聯合報‧副刊》還有老作家的專欄〈靈感速記〉時不時出現，更是令人歡喜，雀躍展讀。

　　王鼎鈞老而彌堅，老而依然堅定寫作之路，堅定執著一生的寫作志業，讓我衷心崇敬，想要成為和這位「人間國寶」作家一樣，有所「堅持」！我要成為哪樣的人？老作家就是我的偶像，標竿、楷模啊。

　　為了向偶像看齊，我要成為和王鼎鈞一樣有所「堅持」的人，

我要「堅持」做一個傳揚「美善」的人。於是，我先給自己訂下三個努力目標：健康美麗、學習成長、回饋奉獻。所以，我給自己安排太極拳與書法課的學習，還注意飲食、運動與作息，又定期健檢以維護健康，也到學校兼課，還回饋社會當義工、做公益常奉獻，一直以來，日子也還過得充實又忙碌，三個目標都在實踐落實中，我在能力所及的周遭，傳揚著「美善」。

我知道想要成為和老作家一樣的人，並不容易，王鼎鈞筆力雄渾，如汪洋大海，著作豐碩，恐怕只能遠遠望其項背，但其「堅持」的精神是可以學習仿效的。寫作是老作家強項與畢生志業，我們也可參照，找到自己的強項與專長，堅持到底，就是成功了。我要為了傳揚「美善」，所以努力維持健康、認真學習之後，寫寫小文章、結集出書，再返鄉興建家族故事館，以館藏向家族幼小與外界宣揚家族生命故事，我想這就達成傳揚「美善」的「堅持」了。這些「堅持」都在這些年陸續實現，而且持續、益臻完善中。

記得幾年前偶有機緣到新竹一遊，順道參訪「劉興欽漫畫館」，那是我們小時候看的漫畫「阿三哥與大嬸婆」的發源地，印象深刻，深得我心。劉興欽是漫畫大師，也是個發明家，出身新竹橫山客家農村，師專美術科畢業，當過小學老師，後來轉行專職畫漫畫兼發明，生活過得十分精采豐富。令我欽佩的是，退休後劉

大師返鄉成立「劉興欽漫畫館」，推廣「大嬸婆良心攤」，在關心社會、回饋社會之餘，還繼續畫台灣民俗生活繪畫，平日則種菜自娛。這不也是一種美善的「堅持」嗎？由此我更堅信，我就是要成為一個和王鼎鈞一樣「堅持」的人。

輯三

碧山巖下親子緣

牽牽掛掛，親子永世情緣

　　從上一世紀至今，我們這些三四五年級生，生於斯、長於斯，一甲子之間，見證了農業社會、工業革命到資訊革命，科技進步神速，時代演化，社會變遷，許多價值也快速移轉更動著。我們這些三四五年級生，都曾與聞爺爺奶奶、父母叔伯輩，歷經戰亂、顛沛流離、創造奇蹟、走過歲月、寫下一個大時代的生命故事。我們多半是「三明治」人，上要孝養父母爺奶，下要照護兒女甚至孫輩，我們這一輩人，大約是最後一代，仍然固守傳統價值的現代人了：一心一意，惦記著上一輩、下一輩，永世牽掛，緊緊守護著代代傳承的親子情緣。

　　付出關懷與愛，似乎是生命快樂的泉源，但現代的台灣人面對「高齡化」與「少子化」的嚴峻挑戰，加以價值觀轉變，年輕一輩還堅持家庭傳統價值？還講究孝道嗎？閩南語俗諺就說：「父母對囝，長流水；囝對父母，樹尾風。」意思是，父母對待子女，如長河水流，久久長長、涓滴不絕；子女對待父母卻如樹尾風，時有時無，不定時、難掌握。所以，我們的家庭經營與親子關係，也必須適時調整，「順勢推移」、「與時俱進」，才不至於拖累家人、成了子女負

擔、又哀怨自苦，唉聲嘆氣找罪受。相信時代在進步，但傳統家庭價值仍在，親子之愛也不變，但觀念與做法就可以稍作權變了。

大寶女兒和我一起打過的三場生命戰役

母女連心，大寶女兒和我雖遠隔重洋，千山萬水仍阻斷不了我的牽掛與惦念，華府台北時差日夜顛倒，我依然時刻思念著孩子：大寶，你可還好？身體狀況如何？休息夠嗎？睡得如何？吃得怎樣？現在正是調養將息的關鍵時期，可千萬要愛惜自己啊。

我陪著大寶女兒一起打過三場生命戰役，艱困的第三場戰役現正奮鬥中，我台美來回奔波之餘，只能一旁當個啦啦隊，為孩子吶喊助陣加油，在心底支援前線，戰鬥主力還是在大寶身上啊。回想這三場戰役，我們能夠走過幽谷，迎向光明，大寶確實勇敢堅強，而一路走來，許多貴人扶持，神的恩典滿溢，更是令人無比感恩。

第一場生命戰役：3歲二樓摔落

1982年10月中，小皮女兒出生，大寶女兒剛滿3歲1個月。那週六傍晚，我剛生產第三天還在醫院，爸比回台北、喝喜酒去，大寶在外婆家、吃過晚飯、到陽台看街景，外婆進屋接個電話，忽地「碰」一聲，孩子竟不慎從二樓摔落街道地面！外婆急得光腳奔下樓、抱起孩子送醫去，經初步檢查、照過X光、說無大礙，就回家了。

這個夜裡大寶睡不安穩，頭疼、哭泣、嘴角會抽搐，天亮後弟妹（大寶的舅媽）才通知我，當下我無暇思索其他，立即辦妥出院、新生兒小皮則託請醫院照護，救命第一！很感激為我接生的李進忠主任，推薦他的同學馬偕醫院腦神經外科林烈生主任，於是老弟開車帶我回家，接了大寶直奔馬偕求醫去。

　　那年中山北路馬偕醫院正在整修，孩子要做斷層掃描攝影，醫院檢查儀器無法操作，須到鄰近的中心診所做檢查，那是知名的貴族醫院，一次斷層掃描費用八千元，比我一個月薪水還高（高職教師月俸七千）。老弟開著送貨的破車，穿著工作服，帶著一個穿著孕婦裝、外罩體育夾克的產婦，抱著急診檢查的孩子，在高貴氣派的貴族醫院裡，飽受冷眼奚落。但救命為先，我們卑微隱忍，過午一拿到檢查報告，趕緊折回馬偕，下午馬偕就以救護車將大寶轉送淡水竹圍分院，住進加護病房。

　　辦妥住院手續後，我收到第一張粉紅色「病危通知單」！只覺得天旋地轉，憂心這場生命拔河，我力氣可夠？天可眷顧？醫護人員卻說發通知只是尋常的正規手續。我一人在加護病房外焦慮憂心守候著，孩子在加護病房內吊著點滴；入夜，腦神經外科林烈生主任特地從台北趕到竹圍，他判讀檢查資料與數據，告訴我：大寶顱內有兩處出血，各2cc、8cc，頭顱裂傷如西瓜裂縫、兩條線如十字

形，因出血壓迫腦神經，所以嘴角會抽搐。他又說：需控制腦壓，使不再出血，觀察狀況若良好則無妨，腦部現有出血可自行吸收。但若繼續出血，就「只有拚了！」什麼是「拚了」？就是開顱手術止血。手術有多少把握？未知，但一定盡力。手術是否會有影響？醫師說：無論手術如何，只要開顱，即使什麼都不動，接觸到空氣，就一定有影響，所以儘量能不動刀為宜。

那一晚（星期日），我在病房外忐忑不安度過，孩子的爹從高雄官校連夜北上，上車前他當面告訴公公大寶女兒狀況，當時金門公正吃著鹹粥，一聽消息，手顫抖著飯碗幾乎端不住。後來，金門公從保險箱拿出四萬美金，讓爸比帶著北上應急，若需手術或可用上。

感謝蒼天庇佑，神護持著，為我們指引開路。大寶在加護病房三天，狀況良好，看著護士阿姨吃巧克力蛋糕，會喊著「我也要吃！」抽搐狀況也沒了。隨後轉到一般病房七天，出血外顯，成了右眼瘀青的貓熊，其餘一切狀況良好，醫師終於讓我們出院回家了。

這十天，衷心感恩馬偕醫護人員悉心照料，林烈生主任是大寶的第一貴人，救命恩人！當啦啦隊的媽媽我，剛剛產後，漲奶只得服退奶藥，睡的是大寶旁的行軍床或休息椅，吃的是外婆做的麻油雞，這期間，舅舅每天三重、淡水來回送餐、探視，出院回到家，

舅媽還買來蛋糕為大寶慶祝「重生」！這些大恩大德，都是大寶第一場生命戰役裡，永遠銘記心底的恩典，第一次蒙受基督教馬偕醫院的恩澤救治。

第二場生命戰役：25歲罹患SLE

2005年4月，大寶女兒大學畢業、拿了聖地牙哥加州大學的國際關係碩士、還到舊金山星島日報工作、正準備繼續攻讀博士班中，不意返台休假竟檢查出罹患「紅斑性狼瘡」！25歲花樣年華，大好人生才要展開，怎的瞬間由彩色變成一片黑暗？從驚愕、懷疑、否認、自責、沮喪到面對的歷程中，做媽的我偷偷背著大家，眼淚不知流了多少擔，憂心如焚，只恨不得替孩子受苦生病。

在與爸比協商後，我們積極蒐羅相關資訊，就醫診治為先。紅斑性狼瘡是免疫力出了問題，遺傳、環境、壓力，是病因，藥物控制得宜，即無大礙，有15%患者甚且可免用藥，但仍不可大意輕忽。三總張德明院長正是SLE紅斑性狼瘡的專家，除提供其著作給我們參考外，還當面解說、釋疑、鼓舞士氣，後來大寶就由陳政宏醫師主治，住院五日，即出院返家調養，調整心態與作息，心理建設最要緊。

為調整生活步調與心態，大寶找到三民路住家附近光復北路的蒙恩堂，接受牧師夫妻輔導，開始接觸上帝，藉著靈修平復心情，主也為她開啟了天光。五月返美賣掉車子、寄回書籍衣物。然後，六月起這一年裡白天大寶到衛生署上班，當國際合作處處長秘書，有工作、有依託；晚上還給天下雜誌寫稿，每個月一篇八千字的新趨勢介紹，要先閱讀一本相關英文原著、再消化整合成中文報導，有挑戰、有成就；另外，大寶因為在聖地牙哥當過中文系助教，有興趣，想轉行，每週還回台大去選讀「華文教學」學分，準備再赴美攻讀第二語言教育學位，雖忙碌，但也很充實，目標明確，心也篤定。

　　一年後，2006年夏季大寶病況穩定，就飛愛荷華展開人生新旅程了。在這大寶與SLE的第二場生命戰役裡，我只是站在一旁的陪伴者，看護人、支持者而已；張德明院長與陳政宏醫師，才是上帝派來的貴人；蒙恩堂的牧師夫妻更是主的使者，他們將神的恩典照拂過我們身心，醫治我們的軀體與心靈，因為大寶的積極、勇敢與堅強，她信靠主而獲得了新生。大寶定期回診，狀況穩定，服藥四年多之後，結婚前就停藥了。感謝神！

第三場生命戰役：35歲甲狀腺腫瘤

悠悠歲月，十年晃眼而過。大寶再度赴美，在愛荷華拿到碩士、博士，到達拉斯結了婚、還生了小T寶，接著應聘到華府國務院工作、搬到了華盛頓特區，2014年底又生下了小V寶，日子就在認真、充實又忙碌中過去了。

令人料想不到的是，那年（2015）2月初醫師從大寶的感冒檢查中，察覺她甲狀腺有異狀，進一步檢測，竟是甲狀腺腫瘤！醫師宣判那天是台灣的大年除夕日，也是港元生日，想想小V才4個月、T寶不到2歲半，35歲的大寶還要陪著孩子長大，還有好多理想等著實現，人生許多工作還沒完成呢，造化豈非弄人？這晴天霹靂，來得突然，風火雷電齊鳴，一時很難教人接受，我在太平洋這端為此連續失眠好多個夜晚。

捱著捱著，大寶堅強的按部就班安排耳鼻喉科、內分泌科與外科的相關檢查，然後決定四月初手術，親家公三月底赴美，我也在四月初啟程飛華府，協助照顧二小並料理家務。甲狀腺切除，手術隔日就出院返家了，一週後回診，狀況在控制中，隨後九月再作預防性的放射碘治療，以後需持續追蹤。

四月老媽飛美停留不到兩週，行程匆匆，人返台了，心仍留

在華府。一心叼唸著大寶手術後必須休養，怎能抱著、揹著孩子煮飯、做家事？大寶喉嚨不能出力，聲帶要休息，怎可還要喊大的、哄小的？明知大寶在這術後調養關鍵階段，最是需要幫手，無奈遠

隔萬里，爸媽都幫不上忙，奈何奈何！一家大小擔子那麼重，還要生病的大寶一人硬撐硬挑起，爸媽何止是心疼與不忍！就讓母女大小都返台，大寶好好休養，二小有人照看吧？或者把二小接回

台北，先讓大寶可喘口氣吧？他們卻又不同意、捨不得。一切只有尊重他們自己的決定，操心無益，可憐天下父母心，放不下、難割捨，為著大寶與TV二寶，老媽六月再飛華府一趟，幫襯幫襯，再「支援前線」去，而且還把小V也帶回台北照顧，讓大寶喘口氣好調養身子。

幸運的是，大寶在美治療期間，也遇上了貴人，手術的大夫是口碑甚佳的名醫，細心又專業，也是個虔誠基督徒。教會的姊妹與弟兄，還在大寶做放射碘治療需隔離時，協助送餐。國務院語言中心同事們，更慨然捐出個人的休假時數，讓給大寶就醫療養折抵。細數這些醫護同仁、教會兄弟姊妹、單位同事友人的恩澤，全都令人感恩在心，銘感五內。

當然這第三場生命戰役，是長期抗戰，現在戰役還持續著，很快的，至今三年過去，定期的回診檢查，一切正常，大寶找回了健康。我相信一切的安排，都是最好的安排，其中必有上天的美意存在。大寶必須學會珍愛自己、武裝好自己，為自己，為孩子，好好備戰、生活。首要放慢生活的腳步，試著調整個性及處事態度，尋找一個更適合自己的角色，要把健康找回來，有健康才有未來。現在爸媽能做的，或許也就是做個精神加盟者、人生啦啦隊吧。

一碗湯的距離

　　寶貝孫女小V去夏六月返台，半年多來，餵食、洗澡、睡覺、玩耍，日夜相伴，上週三（1月6日）返美，頓時少了小娃兒成天甜蜜軟嫩的膩在身旁，阿嬤我難以適應，對著iPad視訊哽咽垂淚，嬤孫對泣，老先生阿公較理智，要我先暫緩每日視訊，讓小V儘速建立與爹娘保母的親密關係，好融入華府新生活。果真小娃兒適應力超強，除了時差還在調整、保母還在磨合之外，飲食睡眠玩耍都已步入正軌，返美才一周，今兒個視訊見到阿嬤已不再涕泗縱橫淚漣漣了，阿嬤欣慰之餘，也略感悵然，阿公好意傳來短文相慰勉，「你是否思考過，孩子真正在我們身邊的時間有多長？」親子之間應該要保持「一碗湯的距離」，不只爸爸媽媽要學會放手，阿公阿嬤更應該放手，保持距離啊。

　　想想看：孩子剛出生時，我們悉心照顧，幾乎分分秒秒都與孩子在一起；慢慢的，孩子長大了，需要上學了，變成了只有放學後的那幾個小時跟我們相處；然後，孩子有了自己的朋友，上大學、工作，每年能見著孩子的時間越來越少。

　　我們想念孩子，希望有更多的時間能陪伴他們。可是，他們已經長大、甚至成家了，這時，我們還要和孩子住在一起嗎？其實，

隨著社會的發展，越來越多的父母能夠接受與子女間有一定的距離。但距離不太遠，雙方都能互相照顧，還可避免一些矛盾和麻煩。有界限、有距離、有聯繫、有守望，最佳的距離就是「一碗湯的距離」。燉個雞湯，端到孩子家時剛好能喝，近了太燙，遠了太涼。

社會學專家認為，人性本身存在自私、自我的一面。如果兩代人住得太近，這些缺點很容易被一些不開心的瑣事激發出來，以至於每個人都拿出缺點相互折磨。如果不住在一起，這些缺點可能就會潛伏起來，時間長了甚至忘掉缺點，反而想念對方，這有利於家庭關係的和諧。

其實，「一碗湯的距離」不僅是指住得遠近，還包括心理上的距離。在心理上，我們要如何與孩子保持「一碗湯的距離」呢？首先要做到：順應潮流，理解孩子的新生活。

我們小時候很拮据，子女小時候寬裕了；我們成長在「熟人」社會，子女成長在「生人」社會；我們相聚愛一起喝茶、喝咖啡聊天，子女喜歡給遠方的陌生人發LINE……。這一切都和我們以前的生活模式不同，但我們都得理解，並且看得慣。看著孩子們以他自己的方式成為他自己，他跟誰戀愛結婚、他如何養孩子、他喜歡或離開哪一份工作，那都是孩子的事。我們無法為這些事承擔後果，所以我們也不能替他們做決定。

我們要做的就是學著跟孩子站在一起，支持他們，做他們最堅強的後盾，這就夠了！孩子成功時，我們為他鼓掌；孩子遇到挫折時，我們給他依靠。不因為自己是長輩，就插手孩子的家庭事務；不管你願不願意接受，這世界上首位關係就是夫妻關係，然後才是親子關係。也許，我們總是無可避免地與孩子的配偶產生矛盾，此時，千萬不要用「血濃於水」、「爸／媽只有一個」這樣的語句，來刺激孩子，如此只會適得其反。在這個問題上，中老年人要學會換位思考。如果子女常常插手我們的生活，今天批評老爸為什麼不做家事，明天批評老媽為什麼天天忙外務，那會是怎樣的感受呢？所以，媳婦或女婿是不是「好」，子女和他們的配偶是不是幸福，讓他們自己去體會吧！我們只需要管過好自己的生活，想吃什麼就吃什麼，運動、旅行、閱讀、訪友、去當志工或奉獻，一天又一天，不也挺充實的嘛！

不要只一味關心孩子，而冷落老伴。既然夫妻關係是最重要的，那千萬不能冷落了自己的老伴。人一生最幸福的事莫過於「執子之手，與子偕老」，當這個與我們偕老的人站在我們身邊時，可別忘了牽起她（或他）的手。

同時，不要為了操心孩子、照料孫子而忽視了老伴的感受。我們養兒的任務已經完成，帶孫子只是偶爾為之，現在要做的是好好

「防老」。雖說「養兒防老」，但真正能陪伴在我們身邊，和我們一起「防老」的只有老伴。所以老夫妻最要緊的是把身體養好，心態調好，把過好自己的日子放在首位。

　　總之，「一碗湯的距離」不只是有形的距離，也是心理上的親密距離。兩顆心靈之間的距離，要用溫度來測量，而不是用直尺。這個溫度是最舒適、最適於人體的28℃至32℃，不會過熱也不會過冷。兩顆心並不常常貼在一起，但是在其中一顆心靈需要關懷的時刻，另一顆很快就能傳遞過去一碗溫暖的「心靈雞湯」。

　　親子之間無論相隔遠近，最重要的是心中有愛！生活上，和子女保持「一碗湯」的距離，能常去看望他們，給他們送去一碗湯；心理上，也要和子女保持「一碗湯」的距離，不會因為太熱而燙到他們，也不會因為太冷而涼了心意。

生日、親子及其他

今天是我家老先生、孩子們爹的農曆生日，我只有在自家親子的群組「台金一家」裡貼文提醒並祝賀，孩子們也一一跟進，跟爸比說聲生日快樂。我們也就這樣在網路「空中」祝福，聊表心意而已，沒有張揚，也沒有擴大慶祝。我想除了妻兒，應該是沒人會關注到老先生的農曆生日了吧？（內湖老鄰居兄弟姊妹和軍旅袍澤至交除外）

老先生少小離家（沙中畢業，十五歲離家）、娘親又過世得早（官校畢業前，娘親五十七歲棄養），所以老先生竟然連自己是什麼時辰出生也不知道呢！說來不無遺憾。為此，我喜歡再過個把月的身分證生日時，才為老先生與小多兒子倆一起「父子同慶生」，既熱鬧又溫馨。

家裡三個孩子出生的光景，我們經常提起，總愛說嘴回味。大寶出生前一天，媽媽剛開學那天沒課，在學校陣痛一日，回家洗頭洗澡後就到婦幼醫院待產，爸比連夜從鳳山北上，凌晨二點才到，猛敲玻璃門、耍老粗硬闖進醫院來陪產，後來四點多大寶出生時，爸比卻在外頭長椅上睡著了！一路趕夜車，難怪累得呼呼大睡。

小皮誕生時，爸比正在步校正規班受訓，是生產完才被告知

的。老媽我早上八點自己先打電話向學校請產假，再打理好待產包九點到醫院，結果接生的婦產科李主任說他下午二點台北醫學院有課，要娃兒中午前生出來，十點打了催生針，果真小皮午前11：21就報到。後來爸比請了假，第二天才北上，還是沒趕上第一時間迎接新生兒。

小多出生那天，是週末，正是二屆立委選舉日，一早老媽就陣痛上內湖醫院待產，上午陣痛空檔老爸還讓舅舅載著去完成投票，到下午15:15終於在眾多親人企盼下小多閃亮出場！護士抱著娃兒說：「這是王素真的小孩，男的！」小多睜著大眼睛，咕嚕嚕盯著爸比和大家。這一回，總算讓爸比趕上見證生命奇蹟的那一刻，全程清醒著，第一個和小多兒打了照面。

我自己打從小也是常聽老媽說著我出生的經過：臘月大寒天，一早老媽挺個大肚子走過台北橋去「做衫」（老媽是童裝裁剪師），半路陣痛折回，助產士「愛仔」到家來接生，第二胎生得快，才十點我就出生了。

比起老先生，我是幸運的，同樣在大家庭出生長大，但我老媽會常常聊著我們三姊弟的童年點點滴滴，還會在我們生日時，煮碗麵線加個蛋，特別優惠呢。一直到我結婚後，幾十年來，生日那天，都會接到老媽電話叮嚀：「阿真啊，今日你生日，要自己煮碗

麵加個蛋喔！」遺憾的是，八十四歲那一年老媽確診罹患阿茲海莫症，她已經有五六年不曾電話提醒我生日，更有兩年多連電話都不會撥打了，我怕她將逐漸遺忘。不過，每週陪伴閒聊，老媽倒都記得詢問大寶小皮和小多近況，連ＴＶ兩個小小娃和老先生，她都不會漏掉呢。可見得女兒、女婿、孫兒孫女連曾孫輩留存在老媽記憶深處，記得可真牢固了。

說到生日，我曾見過師大一位老師生日自書 ：「**無求於人斯貴，無取於人斯富，無損於人斯壽。**」意思是：人若無求於人，不忮不求，自然就尊貴；無取於人，心安理得，自然是富足；無損於人， 無愧天地，仁者必長壽了。

我喜歡「老了」的自己，少了些衝撞的叛逆，少了些尖銳的爭競；做什麼，不做什麼，都是理所當然，可以開心、可以隨興；不計較，沒負擔。老，使我放慢了腳步，有輕鬆的思緒，嘗著幸福的滋味，悉心養著自己的老境。慣常的微笑中有會心的故事，是快樂；偶有的煩惱裡有淡然的豁達，是領悟。

「年紀大，時間長，有經驗」是老的定義，因此有很多老東西可以回味、享受；老朋友、老照片、老書、老歌……，樣樣是珍寶，很慶幸我還是公婆與媽媽的老小孩呢！優游著晨昏日月、溫涼熱暖、春夏秋冬的生活，我認真的過每一天，我誠懇，我用心，我

不做壞事，不出惡言，即使沒人看到，沒人為你鼓掌，一天又一天過去，每天上床時，我都為自己優雅的，滿足的，安心的謝幕，感謝自己的認真付出。

老媽的家務課表

「江湖一點訣」，家務管理很簡單！「照表操課」好自在。

四十年來，先生身羈軍旅，我自個兒照管打理一家子、拉拔三個孩子長大、還要幫襯海內外至親家族、又得上班教課當全職教師，說起來其實一點兒也不簡單。但老媽我過年如過日，捱著捱著，日子一天一天踏實過，也走了過來，我這「江湖一點訣」的秘訣就是「照表操課」，操辦家務都有既定時程與計畫。「天照甲子，人按道理」，按照時序、做該做的事，就對啦。

待辦的半年期家務，就好比學期要結束前，準備放寒假、暑假了，要安排孩子們可參加的假期營隊；要預約孩子定期的視力檢查、牙齒健檢；要到湖光市場內衣阿姨店裡購買孩子們的新內衣褲定期汰換等等；循序漸進、照計畫、按部就班去做，「照表操課」既不慌亂又有成就感。

當然，不可少的常態性家事清潔工作，也是「照表操課」，每次學校期中考、期末考時，正是我清洗飲水機、刷紗窗、擦玻璃、換洗床單床罩的好時機，一兩個月就要定期清潔，配合學校行事曆做家務，因利乘便，方便、好記、又易達標，有績效。

至於柴米油鹽、燒菜做飯，洗衣晾曬熨燙的日常工作，也是

「照表操課」，一切規律化。週末假日固定上市場大採買一次，偶有不足，週間再另行補購；每日早起洗衣、澆花，日暮收衣、掃落葉，週間擇日（課少、有餘暇時）來燙衣服、修剪花木。開飯時，餐桌上有熱騰騰的飯菜；出門時，有乾淨合宜的衣服鞋襪；上床睡覺，有舒適清潔的被褥臥榻；這不就是做媽媽的主要轄下業務嗎？一個「簡單的幸福」家庭這不正是如此平凡嗎？

「照表操課」做家務，得以有成效的最大關鍵在於「成員肯合作」與「隨手做家事」。掃地、洗衣、燒飯，不是老媽一人專屬的家事，應該家人個個都參與，你下廚切菜炒菜、他餐桌擺碗筷、我收拾清潔倒垃圾，大家一起做家事，感情好又快。還有，養成好習慣，「後手主義」很重要：用完浴廁一定「隨手」撿拾毛髮碎屑、衣物用品歸定位；早上一定「隨手」起床疊被、衣服摺好、吃喝飲食杯盤殘渣不推諉；人人在家「隨手」做家事，就不至老媽一人疲於奔命，操到累。

管家婆老媽雖說是「照表操課」，一板一眼來，但也還是保有彈性，可以因地制宜、因時權變，隨性自在一下。這冬季，台北天候不佳，濕冷又陰霾，一個寒假幾波寒流來襲，洗刷和晾曬的工作只好往後挪，我就先去燙頭髮、買新衣、送年禮、吃尾牙，等天晴再洗洗刷刷也一樣囉。

老媽野人獻曝，家務心得特此公開，希望出嫁的女兒（大寶與小皮）學著點兒，未來的媳婦兒（目前還沒個影兒）也能理解，有計畫、有步驟、有方法的做家事，「照表操課」日子總是踏實些！

以祝福取代期待的親子關係

在王鼎鈞的《靈感》一書中，看見一段文字：

> 父親對兒子說：「你是我骨中的骨，血中的血，形外的形，魄外的魄，源中的源，夢中的夢。」
>
> 兒子說：「我就是我。」

真是精彩！一針見血的指出了時下親子關係的盲點與痛處。我不禁低頭沉思：多少父母視兒女為掌上明珠、心肝寶貝，甚至以為孩子是自己的「私有財產」以「愛」之名，剝奪了孩子的生命！又有多少父母將兒女看成另一個自己，想要完成未完成的夢想，「孩子我要你比我強」，帶給孩子的壓力有多大！

然而，孩子終究是孩子，是一個活生生的獨立個體，孩子是他自己，不是父母的化身或幻影。雖然父母與孩子有著血緣關係，有著骨肉之親，形貌相似，血脈相連，但是，孩子仍然要走他自己的路，做他自己的夢啊！

我心有戚戚的將書中文字遞給小皮女兒看。高中生的她，立刻跳起來慷慨發言：「就是嘛！你們做父母的常自以為是，口口聲聲

愛啊愛，然後送孩子去彈琴、去跳舞、去學英語、去上大學、去放洋留學，去完成自己想做卻做不到的事兒，誰要做你們的影子呀！自己的夢想自己去完成，別生個孩子來當複製羊桃莉（1996年7月5日全球首隻複製綿羊「桃莉」（Dolly）在蘇格蘭誕生，被譽為科學創舉也震驚全球，引發許多討論。）啦！」

　　其實生養孩子，對待孩子，真該像種樹一般，順其自然，適時扶他一把，卻不要刻意雕琢。日前在報端看到一小段文字，寫的是夫婦關係，對親子而言，又何嘗不然？

　　「所謂夫妻，就像一個雞蛋。一旦粗暴對待，便會出現裂痕，用力握緊，則會捏碎。因此最好不鬆不緊，順其自然的捏拿在手。雖然無法說哪方代表蛋白與蛋黃，然而唯有按此方式，丈夫和妻子才能在狹窄易碎的殼內共同生活。」

　　親子之間不也是如此？更甚者是孩子終將孵化。我不禁對女兒感嘆道：「你是我的骨肉，我的期待，只是我不能預約你的未來，只能付出我的關懷。你有你的方向，你的理想，只是在你恣意揮灑色彩時，莫忘了我的存在。」

　　女兒聽了哈哈一笑：「老媽，你還是中古人類，改不了對兒女的期待，**要放棄期待，只有祝福，才夠現代！**

趁著歲末年初整理資料，發現前面這篇20年前的舊作，哇！歲月匆匆，當年的高中生早已長大，幼童也都成年了，我那三個孩子，大的赴美留學結婚生子，現正為生活與事業而奮鬥著；中的也已畢業工作結婚，刻正在韓國滑雪跨年玩兒；小的才剛畢業退伍，正準備申請出國念書，開創自己的未來。只是我不長進，20年如一日！老媽還是時時刻刻惦記著他們，資助著他們，關心著他們，始終把孩子放心上，只因為那骨肉親情至深，我怎麼可能沒有關懷與期待，只有祝福與忘懷？果真是個憨老媽。

——2017補記

相知與信任

　　常聽人說：相愛容易，相處難。實則無論親如家人、師生或友朋，都貴在理解與信任，正所謂知人難，相知相惜、相體己、相互信任，更難！

　　在《呂氏春秋》裡有一段，講孔子周遊列國，來到陳國與蔡國之間，因兵荒馬亂，旅途困頓，三餐以野菜裹腹，大家已七日沒吃下一粒米飯。

　　有一天，顏回好不容易要到了一些白米，就下鍋煮飯，飯快煮熟時，孔子看到顏回掀起鍋蓋，抓些白飯往嘴裡塞，孔子當時裝作沒看見，也不去責問。

　　飯煮好後，顏回就去請孔子進食。孔子假裝若有所思地說：「我剛才夢到祖先來找我，我想把乾淨還沒人吃過的米飯，先拿來祭祖先吧！」

　　顏回頓時慌張起來說：「不可以的，這鍋飯我已先吃一口了，不可以祭祖先了。」

　　孔子問：「為什麼？」顏回漲紅臉，囁囁地說：「剛才在煮飯時，不小心掉了些染灰在鍋裡，一些染灰的白飯，丟了太可惜，只好抓起來自己先吃了，我不是故意把飯吃了。」

孔子聽了，恍然大悟，對自己的觀察錯誤，反而愧疚，抱歉地說：「我平常對顏回已經最信任，但仍然還會懷疑他，可見我們內心是最難確定穩定的，內心的自我判斷，有時還會錯誤，弟子們大家記下這件事，要瞭解一個人，還真是不容易啊！」

　　所謂「知人難，相知、相惜、相體己、相互信任，更難！」逢事必從上下、左右、前後各個角度來認識辨知，我們主觀的瞭解觀察，只能說是片面，只是真相的千分之一，單一角度判斷，是不能達到全方位的觀照的！

　　當你要對一個人下結論的時候，想想這個《呂氏春秋》的故事！

　　你看到的是真正的事實嗎？還是你只會從一個面、一個點，去觀察一個人呢？大多數的人根本不了解對方的立場與困難的時候，就已經給了對方下評語了。更何況是在有利益衝突下的場合，現今的人們擁有高學歷高知識，但往往卻過度仰賴高知識，而忘了讓自己在智慧上成長。

　　很多事信者恆信，不信者恆不信，要客觀地跳出成見，才有機會接近真相。

　　當媽媽的我經常感觸良多，我承認或許嘮叨、或許繁瑣、或許關心過度，但現在大多數年輕人都「自我中心」，說話衝、講話直、單刀直入，常刺得老媽心在淌血，卻也只能早早閉口閃人、躲

一旁去暗自傷感垂淚了。哪天你多叮嚀、多提醒一次，就會被孩子頂一句「煩哪！」「知道啦！」「已經說很多遍啦！」哪天你若又好事、多關心、多講句話，也會被立即嗆聲「那我要怎麼辦？」「可以不要再催嗎！」唉！難啊，做人難，知人難，說話難，能相知、相惜的體己、信任更難啊！

年底的時候，我和先生倆去看了部電影《長城》，片中有強敵饕餮來襲，長城邊關守將奮力抵抗，犧牲慘烈，那些第一線的戰士與敢死隊奮勇前進，無人怯戰，問領軍的將軍，憑藉的為何？答案正是「信任」二字。因為信任，可以生死以之；因為信任，可以置生死於度外；因為信任，可以生死無罣礙。我想，戰場上，帶兵需要信任；治國大政，也是民無信不立；一般庶民生活中，與人相處，又何嘗不然？因為彼此的信任才放心、才安心，日子才能過得愉快又自在。多麼希望從最小的家庭、到工作單位、乃至學校、社會國家，都能建立「信任」，**相知相惜、相體己、相互信任，可以生死與共啊。**

稱呼與偏見，你怎麼稱呼人？

你有綽號或別名嗎？你喜歡別人喊你綽號、你也喊別人綽號嗎？近日在網路上有個戲曲學院民俗技藝出身的學長稱學戲練功的人為「戲子」，還反覆指稱他們是「戲子的評論」、「戲子的水準」，因而引發京劇圈不少校友不同觀點的留言反應，似乎大家心中都隱隱然有一把火，即將引爆！

稱戲曲演員「戲子」，是極為不禮貌、不尊重，又欠缺包容心、而且粗暴的一種說話方式。以前人說「戲子無情，婊子無義」，那是充滿貶損與蔑視的仇視語言。美國著名心理學家高爾頓·威拉德·阿爾波特（Gordon Willard Allport，1897-1967），在他的名著《偏見的本質》中說，**給人不雅的稱謂（name-calling）是一種「很深的偏見」或是「敵視對方」的表現。**

我們都知道，一個政府主動應用具有貶義的字眼，來稱呼一個國家與民族，史上極為少見。例如以前日本人稱中國人「支那」，我們稱原住民為「山胞」，清朝時還稱他們為「番」，這都是粗暴無禮、不尊重、不禮貌的不雅稱謂。官方不應該使用不雅稱謂對待某一族群或民眾，但在民間，族群或個人之間，貶抑性的稱呼卻屢見不鮮，時有所聞；甚至至親家人之間，也會不經意地就用上不雅

稱謂，傷人自尊而不自知。我們常會不自覺地，自以為高人一等，自以為比對方優越，而輕率地在言語稱呼上貶抑他人。例如，在台灣，我小時候就曾聽聞有本省人稱呼外省籍同胞為「外省仔」、「外省仔豬」（當然現在也仍有人會使用這種語言暴力）；還有閩南人稱客家女性是「客婆仔」……等等。這就和老美稱黑人為「Negro」，南方人稱北方人是「Yankee」沒兩樣，都是充滿嘲謔與歧視意味，十分不可取，我們應該留心誡止禁絕。

德國語言學家烏塔・科瓦斯特霍夫（Uta Quasthoff）曾在《社會偏見與交流》一書中指出：「偏見是在人四到五周歲時開始萌芽的。……根據弗洛依德的理論，社會偏見產生於孩子通過認同父母形成超我的那個階段。」並且，科瓦斯特霍夫指出：「偏見大多不是通過直接接觸產生的，而是間接地通過父母、榜樣、教育者、媒體傳播的經驗形成的。」

曾有心理學家對一群小學五年級的白人孩子做過調查。這些小學生們每天都和班上的中國同學有直接接觸，但是他們對中國人的看法仍然是從父母、電影、故事、漫畫那裡得來的「中國佬」（China Man）式的刻板形象。

這種對於一定的種族、階層、年齡層等社會群體的偏見，就是「刻板印象」（stereotype）。科瓦斯特霍夫為刻板印像作出如下定

義：「刻板印象是對一定社會群體及作為該群體成員之個人的固定觀點的語言表達。它具有判斷的邏輯形式，而這種判斷是簡單化、概括化而缺乏根據的，是帶有感情價值傾向的，對一個階層的性格與行為方式持肯定或否定的態度。」

　　看到畢業同學之間因「戲子」一語的辯駁，我十分難過，我們沒有把孩子教好，沒能讓他們學會懂得「尊重」與「包容」；殊不知，當你用言語刺激、貶抑對方的同時，不正彰顯自己的粗鄙與無知嗎？我想國家官方應謹慎看待此一課題，社會氛圍的形成，行業族群之間的和睦與尊重，也都要仰仗這個「尊重」與「包容」的心態，自我克制，並付諸行動。

　　我的小孫女兒才一歲半，正牙牙學語，她有一回在視訊裡好奇又戲謔地跟著她媽媽喊阿姨「豬豬」、「豬豬」，一邊笑一邊喊，迭聲不絕，我聽了深深不以為然，連忙予以糾正。人與人之間，稱謂是用來拉近距離，彼此問候的，怎能拿來蔑視、貶抑、戲弄對方呢？真的，我們需要和諧的人際關係，絕對不需要帶有偏見與敵視的不雅稱謂！

過節小感，把握當下

剛過的端午假期裡，我們家人團聚吃粽子、看著龍舟競渡，也在節前贈禮親友、問候尊長，但願歲月靜好，如斯康寧。從來我就一直是個愛過節的人，我喜歡生活裡有年有節，有時有令，感覺這樣歲月才有層次感，不同的節日有不同的意義和慶祝方式，可以和家人親朋相聚首、共吃食、同歡笑、齊祝禱，更可以在季節時令交換時，到大自然裡走走，看看時光交替的天地之美……。

可真實生活裡，歲月卻絕不矯情地，並非全然美好夢幻，尋常小民的日子，少不了煎熬與試煉。端午節，就在過節問候中我聽聞兩樁親朋的「生死」消息，心底思緒翻騰許久。一是先生老家與我年齡相仿的一位宗親侄媳，她的高齡老母近日辭世，身為獨生女的她，孤身為老母料理後事，想來悲戚，令人一掬同情淚；因其父早逝、葬於軍人公墓，而今父母卻因故無法同葬一處，侄媳她又無子嗣，將來她若走了，又有誰來追念她的老父母？渺渺茫茫，誰去思量？另一更糾結我心的是，先生一位同鄉、輩分長先生一輩、卻較我們年輕十餘歲的宗叔，今年初病倒住院，竟檢查出罹患膽疾癌末，一年半前其父方病逝，母親迄今仍未走出哀慟，而今實在難以接受正當盛年的幼子可能也將離她而去！

愛過節的我真實感悟到，人生必修的四道功課：道謝、道愛、道歉、道別，尤其是「道別」，真的很難，但卻一定要修習圓滿，才能無憾無悔。我們要把每一天都當作是最後一天來過，認真地與身邊的親人、友朋、師友同伴，好好道謝、道愛、道歉、道別，天天都心懷感恩與自省，隨時說出「我愛你」、「謝謝你」、「對不起」，還有明天「再見」，這或許是有時有令的平凡日子裡，可以增添色彩的好態度吧。把握當下，就是王道。

　　日前在網路上看到一則小故事，與我此刻的心情頗為切合：

〈燈滅人亡時，能帶走什麼？〉

　　有個人死了，他才剛剛意識到自己的生命如此短暫。

　　這時，他看見佛祖手拎一個箱子向他走來。

　　佛祖說：「好了，我們走吧。」

　　男子說：「這麼快？我還有很多事情沒有完成。」

　　佛祖說：「很抱歉，但你的時間到了。」

　　男人問佛：「你這箱子裡是什麼？」

　　佛祖說：「是你的遺物。」

　　男人疑惑地說：「我的遺物？你的意思是我的東西，衣服和錢嗎？」

佛祖說：「那些東西從來就不是你的，它們屬於地球。」

男人又問：「是我的記憶嗎？」

佛祖說：「不是，它們屬於時間。」

男人猜測：「是我的天賦？」

佛祖回答：「不是，它們屬於境遇。」

男人問：「難道是我的朋友和家人？」

佛祖說：「不，孩子，他們屬於你走過的旅途。」

男人追問：「是我的妻子和孩子們？」

佛祖說：「不，他們屬於你的心。」

男人說：「那麼一定是我的軀體。」

佛祖：「不，你的軀體屬於塵埃。」

最後，男人肯定地說：「那一定是我的靈魂！」

佛祖一笑而過：「孩子，你完全錯了，你的靈魂屬於我。」

男人眼含淚水，從佛祖手中接過並打開箱子——裡面空空如也！

他淚流滿面，心碎地問佛祖：「難道我從來沒擁有過任何東西嗎？」

佛祖：「是的，世間沒有任何東西是真正屬於你的。」

死者：「那麼，什麼是我的呢？」

佛祖：「你活著的每一個瞬間都是你的。」

摘自《開心台》網路文字2017.05.30

誠然，生命僅僅是就是一個瞬間，我們要過好它，熱愛它，享受它！

活著就是勝利，掙錢只是遊戲，健康才是目的，快樂更是真諦！

要珍惜身邊的人，不要爭執，不要鬥氣，好好說話，相互理解！

因為每個世人的時間都越來越少，最終還是要互相分離。

我們的生命如白駒過隙，不要消遣作踐，不要無端感嘆，不要斤斤計較。

好好活著，簡簡單單過好今後的每一天！

輯四

碧山巖下好生活

懷抱寧靜的心，微笑向前

———————————————————

　　受人景仰的現代知名作家錢鍾書（1910-1998），其夫人楊絳（1911-2016）在2014年高齡103歲時的作品《善待暮年》中說：「願我們保持一顆寧靜的心，少些期盼、多些寬容，寵辱不驚、去留無礙，微笑向前，善待暮年的自己。」偉哉斯言！很有智慧，一語中的，道出了銀髮族應有的修為與心態。

　　上了年紀想要養生、養老、善終，必須放下罣礙、看透人生，才能頤養天年，有個自在快樂的暮年生活。唐朝詩人白居易的《對酒》也說：「蝸牛角上爭何事，石火光中寄此身。隨富隨貧且隨喜，不開口笑是癡人。」退休了，可以與世無爭、真正做自己、愛自己，我想要擁有「無齡樂」的生活，最簡單的檢驗就是：吃得下、睡得好、笑得開。

　　想想，春有百花秋有月，夏有涼風冬有雪。若無閒事掛心頭，便是人間好時節。（宋‧無門慧開禪師《禪偈》）我們何其有幸，好山好水，碧山巖下好生活，果真是福地居福人。且來看看王老師這個六旬老嫗的碧山巖下生活隨想、點滴心思，是否也學到了懷抱寧靜的心、微笑向前呢？

活到老的真諦
──心情交給自己，身體交給醫生，
生命交給上帝

　　上星期我抽空去三總拿高血壓用藥，慢性病患者需每個月定期拿藥，三個月回診一次，通常半年還要抽血檢驗，進出醫院大廳等批價等領藥，十五分鐘就跑完全程，放眼身旁退休銀髮者眾，有人氣定神閒、有人拄杖靜候、有人輪椅代步，多半也都是慢性病患者，老人病啊。

　　轉眼間我服用高血壓藥也十年了，也算是老人慢性病者其中一員，事實如此，歲月果真催人老，這身子骨使用久了，就如機器一般，總需要保養、維修、定期檢修整理，才能維持堪用狀態啊。只是在運動、就醫、作息正常以維護身體保持「堪用」之餘，準備作個老人家的「心理」調適，恐怕更要緊。

　　幾年前為學校的王老校長送行（84歲辭世），看到老校長退休後的生活，寫書法、教書法、打太極、票京戲、拉二胡、回大陸探親旅遊……，淡定又豐富的暮年榆景，堪稱福壽康寧，福壽全歸。這不禁讓我想起近年辭世的尊親長，我的父親2007年夏棄養，大姑2008年春過世，二嬸同年冬歿，金門三叔於2009年夏初離世，四

叔2016夏歿，他們都享壽80以上，但除了父親瀟灑從容生活多彩之外，似乎姑叔嬸都未曾「享受」到歡愉的晚年，或久病纏身臥床多年或奮力工作至生命終了，總令人不捨啊。

老人家要有健康的身心，看淡金錢、錢夠用、也要會用；看透人際關係、身邊老友、老伴和孩子，常聯繫、不黏膩；行善積德，回饋社會多助人，不存歹念，笑看人間多愉快，心裡有神，澄澈清明無煩憂。

走過年輕歲月，慢慢體悟到珍惜生命，把握人生，享受人生的要訣，其實就是「放下」，沒有負擔，就自在啊。上周末大學社團年度春酒同學會，我們這一群六十開外的老頑童，嘻笑玩鬧，分貝超高，比在學的小小學弟妹還要自在歡樂，老人好像比年輕人快樂呢。

老人該怎麼過活兒才好呢？我的老同事麗玉曾寄一段「活到老的真諦」給我，頗有意思，她說：

* 老年，對人生要求活得光明磊落，才能過得從容，活得瀟灑。

* 幸福靠自己努力營造，快樂是生活的目標，快樂隱藏在生活的細微瑣事當中，靠我們自己去尋找，幸福和快樂是一種感覺和感受，關鍵在於自己的心態。

* 錢不是萬能的，沒有錢是萬萬不能的。**對錢不要看得太重，更不必斤斤計較，該花的時候就花**，臨老，要善待自己，錢是身外物，生不帶來，死不帶走。

* 如果有人要你幫助，慷慨解囊就是一大樂趣。**如果花錢能買到健康和快樂，何樂而不為？**如果花錢能讓你悠閒自在，那就花吧！聰明人能掙會花，做金錢的主人，不做它的奴隸。

* 老人，要轉變陳舊觀念，剩下的生活愈是短暫，愈要過得美滿，告別苦行僧，爭當快樂鳥，該吃的吃，該穿的穿，該玩的玩，不斷提高生活品質，分享高科技時代的成果，這才是老年人生活的目標。

* **地位是暫時的，榮譽是過去的，健康才是自己的**，金錢是要花的，剩下的給子女吧。

* 父母對子女的愛是無限的，子女對父母的愛是有限的；子女有病，父母揪心，父母有病，子女能問問看看就知足了。子女花父母錢，理直氣壯；父母花子女錢，就不那麼順暢。父母家也是子女家，子女家可不是父母家；**父母對子女的付出，視為義務和樂趣，不圖回報；一心想得到回報，那就自尋煩惱。**

* 養病指望誰？指望子女？久病床前無孝子。指望老伴？自
  顧不暇，無能為力。指望錢？有錢，只能用錢養病，沒
  錢，只能靠老天了。

* 對於已得到的，人們往往忽視它；對於得不到的，往往把
  它想得太美。其實，生活的美好和幸福全在於怎樣欣賞。
  幸福的人珍惜和欣賞已經得到的，並不斷發現它的意義，
  使生活充滿快樂。

* **幸福的老人，要有寬闊的胸懷，對生活充滿了感激和欣**
  賞，比上不足，比下有餘，知足常樂；培養多種愛好，樂
  此不疲，自得其樂，對人善良，樂善好施，助人為樂。

* 人無高低貴賤之分，只要對事業盡心盡力，心安理得，問
  心無愧，就算作了貢獻。更何況大家都退休了，大家都一
  樣，最後的歸宿都要回歸自然。總之，高官不如高壽，高
  壽不如高興，高興就是快樂，快樂就是幸福。

* 人老心不老，老亦不老；心老人不老，不老而老。但在處
  理具體問題時，還是要服老。

* 人生大半輩子，為事業，為家庭，為子女，已經付出了許
  多，如今剩餘的時間不多了，該為自己好好活一把啦。人
  老了，怎麼開心就怎麼過，做你想做而能做的事，不管別

人怎麼看或怎麼說，因為我們不是為別人的喜惡而活，要活出一個真實多采多姿的自我。

* 人生在世，不可能萬事如意，有缺憾是人生的必然，如果苦苦追求完美，反被完美所累，不如坦然面對現實，隨遇而安。

* 健康在於運動，但又不可過量；飲食太清淡，營養不良，大魚大肉也消受不了，只有看的份；該多吃的，多吃；該少吃的，少吃；太清閒了寂寞，太熱鬧了又心煩；凡事都要把握「適度」。

* 愚蠢的人，製造疾病（如吸煙，酗酒……），無知的人，等待疾病（有病才看醫生），聰明的人，預防疾病（多飲水，休息，運動），善待自己，生活快樂，延年益壽。

* 「健康」包括身體健康，心理健康和道德健康；心理健康是指老人有較好的承受能力，自控能力和人際交往能力；道德健康是有愛心，樂於助人，心胸寬廣，樂善好施者長壽。

* 人不能離群獨居，孤陋寡聞，要主動參與公益，社區活動，體現自身價值，這才是健康的生活。**要擁有一幫老朋友，生活多元化，友情能滋潤老年生活，使你生活過得多姿多彩。**

＊人老了為什麼懷舊？事業已到盡頭，往日的輝煌，已變成過眼煙雲，站在人生最後之驛站，心靈渴望淨化，精神需要昇華，盼望重新找回真情。懷舊，故地重遊，與親人，老同學，老同事相聚，共同追憶童年的往事，與老同學共敘年輕時的趣聞樂事，找回青少年時代生命活力的感覺，享受真情，回味往事是老年生活中的一大樂事。

　總之上了年紀的我們，把心情交給自己，把身體交給醫生，把生命交給上帝吧。

年過花甲，該想什麼？不想什麼？

早晨閱讀，看到一小段文字，內心頗有感觸：

> 莫言，現年60歲，2012年諾貝爾文學獎得主，為中國人首開記錄第一人。他曾經解釋過關於「我」這個字。
>
> 有一天「我」字丟了一撇，成了「找」字，為找回那一撇，「我」問了很多人，那一撇代表什麼？
>
> 商人說是金錢，政客說是權力，明星說是名氣，軍人說是榮譽，學生說是分數……。
>
> 最後：「生活」告訴「我」那一撇是：「健康和快樂」，沒有健康和快樂，什麼都是浮雲一片！

一個人年過花甲，老了，到底什麼事該想？什麼事不該想？

這兩年，我沒來由的常常有「韶光易逝」的感慨，怎麼才一眨眼，我竟然已過花甲啦？更令人震懾的是，生命無常，身旁時不時傳聞有老少親朋友人罹病、甚或提早離席者！生命可貴，相較之下，這歲數的身材走樣，乃至「視茫茫、髮蒼蒼而齒牙動搖」，老態初露，體能衰退，也差強人意了。

老了，是自然的事，無須逆天，不必想違反自然，美容整型、改頭換面，與天爭勝、留駐青春，自然就是美。我想：「老得健康」，「老得快樂」，應該是這花甲年紀要想的唯一大事兒吧！除此之外，都不重要。因此，有些事兒就不該想：

　　一不想年齡：與其怕老，卻又無法改變老化的自然規律，不如坦然接受，享受樂齡的事實，一心怕老，經常思老，是健康益壽的大敵。

　　二不想怨恨：讓自己陷於怨恨中，自怨自艾，鎮日怨天尤人，何必自苦呢？要寬容待人，不斤斤計較，不怨恨記仇，心胸大度，心態平和才有益健康。

　　三不想氣憤：人，血瘀氣滯就會生病。氣，是萬病之源，想得開、不生氣、不找氣、不發火、不急躁，調和氣血、陰陽平衡，舒肝、血暢、氣順，就是長壽之道。

　　四不想憂愁：「笑一笑，十年少， 愁一愁，白了頭。」憂傷脾，氣傷肝，心態平和保平安。多愁善感，不易健康，憂愁多，還談什麼健康？

　　五不想疾病：減輕壓力是戰勝疾病的良方，疾病似彈簧，你弱他強，壓力過重、免疫力下降，疾病就來了、重了。萬一有病及時就醫，身體交給醫生，生命交給上帝，心情交給自己，不想疾病，

只要健康。

六不想名利：生財必有道，不刻意追求名利，老來忘掉名利，知足常樂，安度晚年，可益壽又延年。

現今我的同學多已退休，有人是忙著侍親孝養父母或含飴弄孫，有人則遊山玩水、蒔花弄草樂當閒雲野鶴，也有人退而不休忙當志工勤奉獻；離開職場後，不論是居家做阿公或在外當志工，大家都深切體認到，健康才是第一要務，放下身段、不問名利、不攀不比，樂於修身養性，運動健身好養老。

幾年前我就給自己定下三項生活目標：「健康美麗、學習成長、回饋奉獻」，固定運動、學習新知、樂當義工，所以每週依個人日課表排定上課、家務、義工與運動，平心靜氣過日子。這學期，我報名社會局長青學苑的太極拳課，班上18個老同學，都是60歲以上的70、80樂齡一族，個個精神鑱鑠，笑臉迎人，不管是公職退休、商界交棒或家庭主婦，課前課後我從沒聽到任何怨詈憤懣之言，只有討論調心運氣、舒通筋脈，切磋養生功法與拳術，大家開心流汗找健康，誰要愁苦不平找氣受？

老了，想什麼？就想健康！其餘什麼名利、權位、怨恨、不平的氣惱事兒，全都不該想啊。你可也找到「我」的那一撇了？「我」若少了「健康和快樂」那一撇，就真難成個「我」要到處「找」囉。

網路牽繫師生一世情緣

今年教師節前夕,我收到一份備感暖心的禮物,十分溫馨,格外值得珍惜:就是我38年前教過的一群學生,透過臉書Facebook在網路上輾轉聯繫到我,邀請我一起去參加她們的同學會!師生一世情緣,38年乖隔,豈能錯過?

她們是我師大剛畢業時唯一帶過的一班國中生,此後人海茫茫,各奔東西,師生分離將近40年,我轉進幾所高中職校,繼續教學生涯,學生們則上高中、進大學、出社會、為人妻、為人母,散居各地,各擁一片天,歲月流轉悠悠晃晃,一晃眼,記憶中的小女生竟然有人已退休了呀!當年的國中小女生驚呼:「老師,您忘了我們都超過五十啦!」提醒這心中無曆日的老師,時光易逝,自己都當阿嬤了啊。

那天20來個女生齊聚福林公園邊的綠蔭微風中「喫茶趣」,闊別數十載後再重逢,大家吱吱喳喳寒暄、問好、相認,然後是一個又一個的大大擁抱。雖然有人仍留有當年的童稚、青澀、俏皮模樣,依稀可辨,但有人豐腴了,有人白皙了,有人嫵媚了,大多數人都成熟了,大家爭相看著老師帶來的民國67年結婚合影與基隆八斗子班遊照片,每個人都狐疑地問道:「這個就是○○嗎?」

所以，就先來個師生「別後個人近況簡報」，接著是考驗老師記憶
力點名回應「當年同學印象」，最後還有靜怡同學提報「學生觀點
爆秘辛」，三大段分享，有小小的嗟嘆，更有貼心的祝福，師生歡
笑不歇，驚呼連連，熱烈、溫馨、毫無冷場，感人至深！盤桓一下
午，直到回家，依然感覺胸臆之間滿是甜美回憶，熱呼呼、暖洋洋
的，師生情緣難忘懷啊。

　　想當年23、24歲的年輕老師，帶著一群13、14歲的小女生，認真
學習、用心生活，也體會人生，那可真是一段困窘而純真的美好歲
月：第一年教室還窩居在地下室、用三夾板隔間，侷促一隅又相互
干擾；雨天地面泥濘不堪，孩子們竟然在溝渠撈起小魚了。印象深
刻的是：上課時，看著講台下一雙雙會發亮的眼睛，老師恨不得傾
其所有、解囊相受；考試前，大夥兒留校，老師陪讀拚成績；放學
後，老師走進巷弄做家庭訪問，有感於週遭環境的儉樸褊仄與孩子
的純真上進，立誓要為孩子們點亮未來；休假日，師生們還攜手走
過山巔水湄，從三峽滿月園、基隆八斗子、到金山烤肉、甚至遠征
新竹客家庄……。

　　小女生們則記得全班一起到老師家包水餃的開心往事，一起上
市場採買、洗切、調製、烹煮；還有為了在數學老師面前爭寵鬧的
彆扭，以及國三實驗班拆班重組、中美斷交時老師激動的眼淚、老

師調校被迫分離，更有大家迷戀幾位男神老師的歡喜與憂愁……。往事歷歷，小女生們那時還加洗男神老師服役穿軍服的照片，私下販售、收藏，和時下「追星族」沒兩樣，現在看著手機裡的照片檔，傳閱呼叫著：「這是翁老師！」，「這是王老師！」，「我也有！」，「我也有！」此起彼落，歡樂的印象鮮明，恍如時光倒流。

　　這群孩子在國中時期筆硯相親，感情特佳，大家力爭上游，追尋理想，許多人有感於老師的循循善誘，與真心關懷，也立志當老師，果真班上出了好幾位大中小學教師！還有人青出於藍，是傑出優良教師Super教師獎得主呢。她們說：以前最愛週記和作文本發回時，常常是老師的紅色毛筆字寫的比同學還要多、還要長。她們也說：最忘不了老師輕攬學生肩頭的叮嚀、關切與慰勉，但想起當年的「緋聞」與「爭辯」，你天天跑辦公室問翁老師數學題，是不是愛上老師了？大家又都啞然失笑，不覺莞爾了。這就是她們的少女時代啊。

　　老師當年實在沒有特別做什麼，只是真心愛學生，單純的教學，用心拉拔學生而已，沒想到會在學生心裡種下希望的種子，結出這麼美麗的果實，看到同學們容光煥發、個個自信、努力有成，老師好欣慰。

美好的時光總是過得特別快，盤桓半日，日已西斜，不管是事務所負責人、總經理、老闆娘、還是學校老師、公司員工抑或退休者，大家都要「各自回家」去！雖然我們台北、桃園、新竹、台中、甚至上海、日本……，千山萬水遠相隔，但當年的師生情分卻始終縈繞你我心懷。「思念是為了下次相聚」，拜網路科技之賜，38年分隔的師生得以快速聯結聚攏，再續一世情緣，真心謝謝大家，心底還有彼此。今日相擁相聚之後，就「揮手自茲去，蕭蕭斑馬鳴」，大家可要勤於聯繫，常相問候，就期待著不久的將來又再相會，相信那絕不是38年後了！

「食」在有情，說年菜

又是歲末年冬，家家戶戶都準備過年了，除夕「年菜」與「圍爐宴」的廣告充斥在耳邊、顯示在眼前、不斷刺激著大家的食慾與購買慾。佛跳牆？紅燒獅子頭？大明蝦？還是東坡肉夾刈包？……我不禁懷想起每年新春在新加坡過年時，和妹妹妹婿一家人上餐館必點的年菜「撈魚生」，好熱鬧，好歡樂；或除夕夜在雅加達圍爐時，婆婆必定會準備的南瓜米粉（公公愛吃的金門家鄉料理）、南洋沙嗲（烤肉串，婆婆還會改良成丸子三兄弟串）與什錦火鍋；當然還有老先生的金門老家鄉俗與閩南年菜封肉、燕菜，以及我從小到大所吃的娘家家傳年菜……想著，想著，似乎那年味兒全都回來了，好似齒頰已生津，都忍不住要吞口水了。

你家可有什麼家傳美食？必備年菜？飲食文化也是人類文明的表徵之一，是民族文化重要的一環，大家熟悉的中華料理，不論什麼滿漢全席、宮廷宴、孔府菜、到川菜、湘菜、粵菜、江浙菜，我想絕對都比不上自家代代相傳的「媽媽菜」！尤其過年圍爐時，家裡總會有那麼一二道老祖母和媽媽所堅持的「家傳菜」，年年得嚐，最是有味兒，教人怎麼能不想念呢？

我家老先生的表妹美華就說，嫁雞隨雞，她婆婆堅持除夕夜

桌上一定要有一道「炒十芳」，也就是「什錦如意菜」，年年如此，說那是她夫家的家族傳統，再費功夫也不可廢止。原來「什錦如意菜」也叫「十香如意菜」，或「炒十芳」，需要十種菜蔬一起拌炒：黃豆芽、香菇、竹筍、紅蘿蔔、木耳、榨菜、豆乾、芹菜、菜心與金針菇，十道食材象徵著「十全十美」，「吉祥如意」；因為黃豆芽不摘頭部，形狀似如意，故名「什錦如意菜」。這道「炒十芳」色香味俱全，是十分健康的素菜，別具特色、又有意義，年節吃多了大魚大肉，這道菜多纖維，有益腸胃，真值得倡導鼓勵。只不過「什錦如意菜」必須將所有十樣食材都切成細絲，講究「刀工」，光是備料一項就可能要累倒主中饋的老媽子了。

　　相較於美華表妹，過年時得要洗洗切切鎮日忙一道「什錦如意菜」，我倒懷念起簡單許多的我三重娘家家傳「王家年菜」：「兜蕃薯粉」來了。「兜蕃薯粉」閩南語的「兜」是包住、攪著、攪拌使之黏稠的意思。「兜蕃薯粉」需要的食材有：蕃薯粉（地瓜粉）、金鈎蝦（蝦米）、香菇、芹菜、肉絲、青蒜等，將地瓜粉加水調勻，先把蝦米、香菇、芹菜、青蒜、豬肉等等都切絲拌炒，然後放入地瓜粉水攪拌成透明的團狀，即可盛入大盤上桌。這道「兜蕃薯粉」倚靠的是火候控制與執鏟的功夫，簡單易做又可口，也是色香味俱全的「庶民」菜餚，更是我娘家的家傳菜。

從小阿嬤就告訴我們，「兜蕃薯粉」一團團凝結在一起，象徵著團圓、團聚，一家人長長久久，感情黏稠得分不開。所以每當姑姑們回娘家、祖先忌日、過年圍爐……，這些家人相聚的重要時刻，桌上一定會有「兜蕃薯粉」！這是我家阿嬤與嬸嬸們的拿手菜之一，就連忙著上班工作、裁剪童裝而不擅廚藝的我母親，在分爨後也會「兜蕃薯粉」！因為這是王家的「家傳菜」，媳婦兒必須傳家，當然要會啊。

但遺憾的是，我三重娘家廚藝最精的阿嬤和二嬸都已仙逝多年，而我老母親現已八八高齡，近三年因阿茲海默症逐漸遺忘，不下廚久矣，更遑論談論、傳授「兜蕃薯粉」秘訣與訣竅了。「兜蕃薯粉」，小時候常常吃，結婚後回娘家也能嚐到，只知道那是「家傳菜」，不覺得有什麼了不起，值得珍惜的。而今年歲漸長，出嫁後自組家庭，孩子們也都長大了，每當逢年過節、家族聚首時，我每每想起自己娘家的「兜蕃薯粉」來，每逢佳節倍思親！好多年了，我很想嘗試，也來做做「兜蕃薯粉」，這閩南庶民家常菜，應該不難吧？只恐怕做不出阿嬤和二嬸那味道，徒增傷感。

而今年關將近，我這黃家媳婦兒該拿什麼菜好傳家？該傳給孩子什麼家傳菜？好，過年到雅加達，就來請示婆婆，咱們這金門「落番家族」，是不是就拿「蚵乾飯」（金門海蚵、高麗菜飯）、

或「金瓜米粉」（南瓜炒米粉）、或「南洋沙嗲」（烤肉串）來當我們家的「家傳菜」呢？三選一，大家來投票；屆時我要支持「南洋沙嗲」，因為當年唐人下南洋，用閩南話說那烤肉串「三塊、三塊」，因而名為「沙嗲」，我們可以賦予「沙嗲」新義，雞肉塊或丸子三個串一起，疊疊樂，象徵著家人團聚、擁抱在一起，我們手牽手不分離啊！這是不是很棒？快投「沙嗲」一票吧！

戀戀麻油雞香

倘有人問起：什麼美食你最愛？我會說：在我心底一直珍藏著一道數十年來衷心嚮往的曠世美味：「麻油雞」！

很久很以前，當我還任教省立三重商工，民國70（1980）年代初，有一天快下班，訓導許主任（後來出任泰山高中、關西農工校長）揚聲對大夥兒宣告：「等會兒下班，我要帶太太去圓環，吃麻油雞喔。」當天正是他們結婚紀念日，4月17日，我至今印象深刻，好令人羨慕啊，麻油雞！結婚紀念日！可我的先生身羈軍旅，是絕不可能休假回家一起慶祝結婚紀念日，也沒有機會一起去圓環吃麻油雞的！我好渴望也能在那冷冷的天裡，端一碗酒香四溢的麻油雞，嘗嘗那「愛」的滋味！

我愛麻油雞，其來有自：因那麻油雞香，正代表著家逢喜事、喜獲寧馨兒，那是幸福的味道，是「愛」的滋味。還記得20多年前的1992年，也是「人間四月天」，復興劇校好同事秋容生寶寶，學校幾個好朋友大家夥兒相約一起到她家去祝賀、看娃兒。月內房免不了有娃兒的奶香味與痱子粉香；秋容家還有她婆婆特地遠從金門帶來坐月子的土雞、麻油與麵線，煮了一大鍋麻油雞麵線，香氣四溢、滿屋子麻油雞香！看著娃兒粉嫩可愛又健壯，產婦愉悅歡喜氣

色佳，蘇阿嬤開心的請大家吃麻油雞麵線，我不知道其他人感受如何，我是醉了，醉在麻油雞酒香裡——婆媳孫三代在麻油雞香裡有了生命的連結，牢牢鏈結，生命的繁衍傳承，家族的愛，就在麻油雞香裡飄傳著、鏈結著。

　　吃著這從金門遠道而來的麻油雞麵線，米酒特香醇、雞肉有彈性、麵線有韌性，真是人間第一美味，看著麻油雞香氤氳中秋容幸福的笑容，充滿「被愛」的氛圍，我滿心欣羨，能不沉醉其中嗎？回家後，我鼓起餘勇努力「做人」，就在那年年底我兒小多出生，我樂得也可以嘗嘗「被愛」著的麻油雞香啦。無奈，產後個人胃口不佳，加上不想讓媽媽為我坐月子多操勞，我一個月吃不到兩隻雞，麻油雞才煮了兩次，可謂不無遺憾啊。

　　為此，數十年來，偶而聞到鄰居有人「坐月子」煮起麻油雞，我總愛跟進，時不時，也自己做做麻油雞與家人分享，重溫一下那「愛與被愛」的感覺，讓酒香飄散，雞酒中的溫情再次重現。先將雞腿肉洗淨、切塊，再將麻油加熱、老薑切片爆香，然後雞塊下鍋炒至七分熟、加入米酒，燉煮至雞肉熟透，配白飯、配麵線或單喝，都合適，每每想到那熟悉的麻油雞酒噴鼻香味，真是令人愛戀不已。

　　好不容易，前幾年大寶女兒出嫁，TV二寶先後誕生，「麻油

雞」終於有機會重現江湖啦。我忙不迭地千里迢迢奔赴萬里外的美國，到德州達拉斯與華府，可以名正言順地讓麻油雞在異邦飄香。我蒐集各家「坐月子」麻油雞食譜，《坐月子就要這樣吃》、《坐月子特效食譜》、《○○○陪妳坐月子》一應俱全，還有鄰居婆婆媽媽郭家、黃家、林家等等的獨家秘方，全都蒐羅齊全，準備大展身手。

結果，美國的雞是屠宰切塊包裝冷凍的飼料肉雞，不是台灣土雞或烏骨雞；再配上美國華人超市裡的麻油、米酒與老薑，雖來自台灣，卻始終烹煮不出道地台味兒。我一試再試，拿著食譜、參照芳鄰秘方，再三調整米酒老薑麻油比重、斟酌是否添加枸杞紅棗當歸，總算試驗成功，獲得女兒女婿點頭認可，我家TV嬤的「麻油雞」可以上桌亮相了。

「麻油雞」是一道尋常料理，卻是我的最愛。因為我相信：平常就能發現非常的幸福，平常就能體會非常的滿足；天倫之樂在尋常之間，而「麻油雞」裡就有天倫之愛。君不見從容淡定的自然山水，平常風景，卻是最可貴的天寬地闊四時宇宙。「麻油雞香」是尋常人家的日常吃食，易做易得，卻也是至性至情摯愛的體現，它是「生命之愛」的鏈結，是我們可以一直貪心的追求，不必戒除的嗜好。所以，我愛「麻油雞香」，戀戀難忘！

一份特別的禮物：兩個蔥花麵包

　　市面上西點麵包林林總總，其中，我最喜歡「蔥花麵包」了。剛出爐的蔥花麵包，麵糰蓬鬆飽滿、蔥花清脆可口，油亮亮、香噴噴的，聞香下馬，教人不禁食指大動，真想立即咬它幾口。

　　1970年（民國59年）夏天，15歲的我初中畢業（57年國中第一屆剛開辦，我是末代初中生，進初中、高中、大學都要通過聯考），正單槍匹馬參加高中聯考。還記得當年考場在北一女中，家裡爸媽都要上班，姊姊北商畢業也工作去了，弟弟還在念小學，我就自己一個人上考場，無人陪考，樂得自在，也無壓力，但難免仍有一絲絲落寞，考前考後無人招呼照料，中午還要外出覓食。

　　當年高中聯考要考一天半、共五科，國文、英文、數學、自然與社會。第一天上午，考著考著、二科考畢，忽然瞥見試場教室窗口出現爸爸的身影！爸爸怎麼來了？而且還找得到我的考場與教室？只見爸爸舉起手上紙袋，向我示意：有吃的。然後，爸爸淡淡地說道：「麵包剛出爐，還熱的，趁熱吃，就當中飯吧。」接著，爸爸又隨口問道：「下午還有考試吧？沒事我就先回公司了。」爸爸旋風似的忽然出現，帶來熱騰騰的蔥花麵包，然後又匆匆離去，留下我繼續應考；一時間，還來不及反應的我，內心澎湃、情緒激

蔥花麵包

動、難以自已，我只知道：爸爸是關心我的！他有注意到我的聯考時間和考場！他還特地為我買了剛出爐的蔥花麵包，而且準時送到考場！爸爸他……

在試場裡一口一口吃著爸爸買來的蔥花麵包，香酥滑嫩又可口，尤其那青綠的蔥花，真有齒頰留香的感覺，但我卻噙著淚，幾至哽咽，一口口都細嚼慢嚥。受日式教育的爸爸，親子間的親暱互動雖不多，但行動中卻不乏關愛。就像從小常聽長輩們說起，兒時每日黃昏，爸爸都讓我坐上腳踏車前座藤椅，載我到六張街的街口去兜風，從不間斷。時隔多年，在15歲這年爸爸考場送麵包之後，我愛吃蔥花麵包，至今數十年不變，每每踏進麵包店，總獨沽一味，只選「蔥花」，因為「蔥花麵包」裡藏著爸爸特別的關愛。

慢慢的我長大、畢業、就業、結婚、生子、搬家……，爸爸依然默默的在我身旁，互動不多，行動有愛。

我大學時，爸爸第一次去日本旅遊，帶回來珍珠項鍊與全套日本漆器餐盒，說要送我日後當嫁妝。

我結婚後，奕炳在官校任職，校園遼闊巡視不易，爸爸送他一

部配備齊全的養樂多26吋名牌單車代步。

　　大寶女兒出生後，爸爸每日下班回家，黃昏散步一定抱著大寶，穿街走巷遊公園，爸爸捧著大寶、娃兒面朝前，就像請尊菩薩一樣，大家都笑稱家裡多了尊「懿慈大佛」。

　　香港97回歸前，我帶女兒去香港旅遊，爸爸特地到內湖我家來住了一週，自炊自食，順便幫我看家。

　　生小多兒之後，我痔瘡嚴重需手術，因貧血還先輸血，爸爸帶了葡萄來給我補血。

　　後來2007年6月中，爸爸最後一次出國，到大陸「昆大麗」旅遊，還帶回一個彝族小花背袋，他說「女孩子們可以背」，要給我大寶或小皮女兒用。不意，2個月後，2007年8月爸爸就溘然長逝，與我天人永別矣！

　　往事已矣！爸爸的禮物、爸爸的關心何處再尋？睹物思人，爸爸的日本珍珠項鍊我2010年轉送給大寶當結婚禮物；爸爸的日本漆器餐盒2015年小皮嫁人我擺在大湖新居櫥櫃上；爸爸送的最深刻、最特別、最感動的禮物，非40多年前那兩個「蔥花麵包」莫屬！蔥花麵包既暖胃又暖心，既美味又有情，可於今我只能藉著多吃蔥花麵包思念爸爸了。

2017跨年閒話

　　2017年新年假期在不冷不濕的溫暖氛圍中過完了，一如101的煙火，絢爛多彩，熱鬧喧囂卻也短暫，大家都得隨即從煙花中清醒，再回到正軌的生活道上。

　　想那2016至2017的跨年倒數時刻，我家年輕人小兒多多就與同學在台北的五彩煙火裡吶喊；小皮女兒則和同學同事跑到韓國首爾（Souel）滑雪去，在人擠人當中等待鐘閣（Jonggak）的33聲午夜鐘響；旅居海外的公公婆婆聖誕節假期是由小姑陪同到馬來西亞小遊，此刻已回到新加坡，與小叔大夥兒們一同看著濱海灣的火樹銀花燈火燦爛；而遠在美國華府的大寶女兒，帶著少不更事的TV二娃兒，是到教會去拜訪聖誕老公公、看初雪、曬冬陽；至於爸比黃埔老先生，一向憂國憂民，不改其志，跨年夜還是留守辦公室，網路發文提醒駕駛疏散人潮注意安全，並利用年假趕寫論文中；數一數閒人只有一個，就是不長進的空巢期老媽我，留在家裡趕進度瘋日劇，抱著iPad一口氣看完新劇《月薪嬌妻》（逃避雖可恥但有用），又追上最新一季的《派遣女醫》（Docter X）第四季，還不時得關心著星散海內外的家人行蹤，「彈指之間」送上關懷與「千里之外」的問候。

其實，跨年只是一瞬間，很快的，年跨過了，台北冬日的暖陽也沒了，新年假期玩樂休憩也有截止時。元月三日一早，台北微雨，大家都又回到常軌，上班的上班、讀書的讀書，一路熙熙攘攘，車陣依序前行，這就是尋常日子。跨年的重點，應該不在倒數、擁吻與煙火吧？跨年是要「省視過去、期許未來」，檢討過去的一年，惕勵將來，送舊迎新的祝福才是吧。

西洋人習慣在新年到來之前，寫賀年卡順便將前一年經歷的大事告知親友，並祝福來年安康幸福。十幾二十年來，我也一直這麼做著，每每利用年終歲末，把親朋好友、兄弟手足、家人至親都找來，辦個「感恩聚會」，一起感恩回顧，一起細數恩典，一起相擁祝福，既真實又便捷。半個月前，我們就辦了「We Are Family 2016 歲末感恩會」，集慶生、感恩、辭歲、祝福於一「會」，那真是十分溫馨美好的歡聚，令人難忘的時刻。

還記得2015年底的歲末聚會，當年大事是大寶女兒一家返台，攜小V返美，我們滿心感恩，慶幸她經過試煉、找回健康；（想想，小V四個月大，媽媽驚覺罹病，動手術，斷母乳，娃兒返台，媽媽邊上班邊調養，還要接受放射治療，這是多大的風浪啊。）還有小皮女兒出閣，總算有了歸宿啦；小多大學畢業入伍啦；以及黃埔老先生和我的《落番與軍眷》與《台灣阿嬤萬里單飛美國行》二

冊小書出版問世了。2015是「豐富」的一年，來到今年2016的歲末聚會，感恩的大事則是五月小多服役時，跌落床、摔斷牙，慶幸年底已平安退伍，可以展翅高飛，追求未來幸福去囉；其餘就是海內外一家人大小粗安，大家各自為健康、為家庭、為學業、為事業而努力著，我們衷心虔敬地感謝老天爺的垂憐賜福。

我不知道未來的畫面會如何呈現，但一心秉持著追求「簡單和諧的人生」，想望「真善美」的境界，真誠務實不欺枉、心存善意不矯情，崇尚自然最美麗，以此心態前瞻來年，計畫中2017我家的大事有：小多要申請學校，出國留學去（老媽已為此籌措留學基金）；大寶與小皮也各有家庭與事業新目標待努力（老媽也為她倆分別預擬援助計畫中）；爸比則要完成其博班學程，著手為論文而努力（老媽已協助備妥論文寫作書房）；老媽我自己的年度大事計畫，包括有四月份六十週年校慶口述歷史專書編纂、五月份公公九秩華誕祝賀、六月赴美攜TV二娃兒返台過暑假，還有下半年的《落番與軍眷Part 2》出版計畫……。加油，加油！我相信有計畫就不亂，有預算就不慌，腳踏實地，按部就班，就可從容以對未來。

感謝神，我們過去這一年都平安健康度過，可以在這跨年的新年伊始時，規劃惕勵著未來。期盼周遭的親朋好友家家和順，人人年年除舊佈新，跨年感恩惜福，元氣滿格福氣倍增。

2018迎新年、喜新生！

新年頭、舊年尾，不能免俗的，總要「回顧過去，展望未來」，沉澱、省思一番。2017剛過完，2018早已無縫接軌悄悄降臨。我們在台北，年終一場「2017歲末感恩聚會」，邀來至親好友與芳鄰，大家一起相擁互道安好，感恩祈祝來年康泰，能夠年年歲歲大家都平安健康，歡喜相聚，有機會與親友家人執手相握、緊緊相擁，圍坐共餐話家常，心中唯有滿懷感恩。

台北的冬天向來濕冷陰霾，但日前幾日和煦暖陽、幾日霪雨霏霏，天候變化多詭，社會氛圍也擾嚷不休，但我們總以「信望愛」的心淡定處之，相信因為我們的「認真與堅持」，可以得到平安喜樂與靜好歲月。細數這一年的家庭大事記，也確實如此：

年度大事，頭條要聞，是「曉光誕生」。小皮女兒年紀不小，結婚也已二年多，旁人都乾著急，何不快快懷孕？連小多都還被怪同住大湖礙事，終於，在五月母親節才發現，小皮早已有孕十七周多，「無知村婦」之名不脛而走，霎時，海內外家人都無比歡欣與期待。隨後，定期產檢，不久即進入孕期末。

不意，暑假中，我和小多都在美國華府，一個當台傭阿嬤照顧TV二寶，一個去念書，小皮大腹便便隻身在台南工作，卻出了狀

況！先是八月中四肢水腫、起疹子，在台南就醫、說無大礙、卻未見改善；我當時已先洽詢台北的婦產科醫師，了解相關可能並注意血壓等等。八月底，小皮北返產檢，做了相關檢驗，九月初週五看報告，有尿蛋白、水腫與高血壓，被醫師囑咐次週二需再複檢，當即心知不妙，這是姙娠高血壓症候群「子癇前症」，有一定的風險存在的！果真，九月十二日一到院門診，就被留院安胎待產！

　　一時間，我等人仰馬翻，懷孕三十四周多的小皮台南工作尚未交接、租賃的房間也未清理，迎接新生兒的準備還未就緒，更令人掛慮的是這病症的凶險啊。醫師以小皮為優先，注射鎂離子防範癲癇，又控制高血壓、驗血測肝腎功能等，同時監測胎心與胎兒活動，也施打肺泡催熟劑，準備儘早剖腹。這時，爸比當機立斷，那個周末我們連夜南下，一夜之間幫小皮清理房間完成並退租交房，打包十九件大小行李、次日貨運寄回台北，其餘零碎家當載滿一車，驅車三百五十公里兼程返家，因為小皮在醫院血壓不穩定，那一夜又換藥調整劑量啊。

　　終於，在醫師專業建議與現實考量下（孩子夠大了，三十五周多，安全無虞，抱在懷裡才放心；小皮想要撐到十月下旬預產期、或十月中、或十月初，都不可行），我們在九月二十二日就迎接曉光誕生啦。感謝三總醫師堅強又專業的團隊，感謝三重娘家弟妹

與姪兒姪女的關懷協助、感謝內湖芳鄰姊妹淘媽媽們的支援分勞，小皮與曉光母子均安，狀況良好，小皮迅速回復正常，曉光健康可愛，這一切真是天賜吾家的年度最佳禮物啊。

年度大事的次要記事，是小多兒一年役畢，暑假到華府念書去了。年底老爸老媽到桃園接機時，小多兒出關後、環抱舉起老媽，轉了一圈，以示其體能不錯，我笑稱老爸有個中廣大肚腩，就難囉（果真，小多給了老爸體能鍛鍊的建議）。孩子長大、懂事了，他必須為自己的前途而奮力前進，思索未來方向，而我們只是一旁的啦啦隊，為他加油、遞毛巾、供茶水而已。期待小多兒，敦品勵學，愛己愛人，堂堂正正做人，光明正大做事，一如他二十五年前出生時，我們對他的祝福：健康、平安、快樂、自在。

這一年，我們扎根台北，繞著金門、雅加達、華府而轉，過年與公公生日到椰城，暑假到華府，重要節慶回老家金門，時時關心著海內外的家人，日日早晚總祝禱著家人康健安泰。然而，生活中多可喜，亦多可悲。遺憾的是，金門故鄉奕炳的四叔於七月初以八七高齡作古，三姑亦於八月以九九遐齡仙逝，老成凋零，無由攔阻。可喜的是，五月公公歡慶九秩華誕；九月喜迎曉光誕生；婆婆年初跌傷腰骨已漸痊癒；小T寶在美今秋已入小學附幼；大寶甲狀腺二年半來定期檢查狀況安好、現在日日游泳健身還兼減重有成；

奕炳工作績效超優頗受器重、刻正努力撰寫博士論文中；我則忙著打拳運動、上課教書、理家灑掃、還有照顧一家老小（定期往來探望相聚、不定期寄送補給品等等）；更還計畫準備著明年的出書與陳展呢。

　　歲月如流水，日月過隙，我懷抱著「信望愛」過日子，相信一切都是最好的安排，晴天可曬被、雨天免澆花。當我們每一天都感恩、惜福、把握當下，就可以快樂自在過活兒了。在忙碌中過完了2017，有一點緊張與驚險，更多的美好與恩典。期許2018，乃至年復一年的許多來年，還有好多期待等著被實現，希望我的摯愛家人與親朋好友們都平平安安、健健康康，幸福久久久！

後記

　　歲月匆匆，轉眼又是新年，日子依舊照常過，2019愛你依舊！新年快樂。

　　感恩2018這一年平安度過，孩子繼續成長進步，大人努力維持康泰，追求平安順利好發展。台北、華府兩地之間，小光一歲多，頭好壯壯；TV倆小姐妹各上了小學、幼兒園。小多兒暑假赴美進入馬里蘭大學開始留學生涯、攻讀翻譯去；爸比老先生的博士論文也正緊鑼密鼓撰寫中。在雅加達的阿公阿嬤健朗持盈保泰頤養松齡、叔叔嬸嬸船務生意穩定發展、JoJo弟弟上大學選讀經濟了。還有，爸比與我各自的新書已付梓，新春即將出版，我們將在內湖公民會館舉辦個「碧山巖下三家春──生活藝文展」，順便打打書呢。

　　2019愛你依舊！祝福至親好友家家安康，國泰民安，幸福長長久久！

釀文學231　PC0808

 台灣阿嬤好生活：
碧山巖下樂齡誌

作　　者	王素真
責任編輯	劉亦宸
圖文排版	楊家齊
封面設計	蔡瑋筠

出版策劃	釀出版
製作發行	秀威資訊科技股份有限公司
	114 台北市內湖區瑞光路76巷65號1樓
	電話：+886-2-2796-3638　傳真：+886-2-2796-1377
	服務信箱：service@showwe.com.tw
	http://www.showwe.com.tw
郵政劃撥	19563868　戶名：秀威資訊科技股份有限公司
展售門市	國家書店【松江門市】
	104 台北市中山區松江路209號1樓
	電話：+886-2-2518-0207　傳真：+886-2-2518-0778
網路訂購	秀威網路書店：https://store.showwe.tw
	國家網路書店：https://www.govbooks.com.tw
法律顧問	毛國樑　律師
總 經 銷	聯合發行股份有限公司
	231新北市新店區寶橋路235巷6弄6號4F
	電話：+886-2-2917-8022　傳真：+886-2-2915-6275

出版日期	2019年3月　BOD一版
定　　價	250元

國家圖書館出版品預行編目

台灣阿嬤好生活：碧山巖下樂齡誌 / 王素真著.
-- 一版. -- 臺北市：釀出版, 2019.03
　　面；　公分. -- (釀文學；231)
BOD版
ISBN 978-986-445-317-7(平裝)

855　　　　　　　　　　　　108001994

讀者回函卡

感謝您購買本書，為提升服務品質，請填妥以下資料，將讀者回函卡直接寄回或傳真本公司，收到您的寶貴意見後，我們會收藏記錄及檢討，謝謝！
如您需要了解本公司最新出版書目、購書優惠或企劃活動，歡迎您上網查詢或下載相關資料：http:// www.showwe.com.tw

您購買的書名：_____

出生日期：_____年_____月_____日

學歷：□高中 (含) 以下　　□大專　　□研究所 (含) 以上

職業：□製造業　□金融業　□資訊業　□軍警　□傳播業　□自由業
　　　□服務業　□公務員　□教職　　□學生　□家管　　□其它_____

購書地點：□網路書店　□實體書店　□書展　□郵購　□贈閱　□其他

您從何得知本書的消息？

　　□網路書店　□實體書店　□網路搜尋　□電子報　□書訊　□雜誌

　　□傳播媒體　□親友推薦　□網站推薦　□部落格　□其他_____

您對本書的評價：(請填代號　1.非常滿意　2.滿意　3.尚可　4.再改進)

　　封面設計____　版面編排____　內容____　文／譯筆____　價格____

讀完書後您覺得：

□很有收穫　□有收穫　□收穫不多　□沒收穫

對我們的建議：_____

_____

_____

_____

11466
台北市內湖區瑞光路 76 巷 65 號 1 樓

秀威資訊科技股份有限公司 　收
　　　　　BOD 數位出版事業部

....

（請沿線對折寄回，謝謝！）

姓　　名：＿＿＿＿＿＿＿＿　年齡：＿＿＿＿　性別：□女　□男

郵遞區號：□□□□□

地　　址：＿＿＿＿＿＿＿＿＿＿＿＿＿＿＿＿＿＿＿＿＿＿＿

聯絡電話：(日)＿＿＿＿＿＿＿＿＿　(夜)＿＿＿＿＿＿＿＿＿

E-mail：＿＿＿＿＿＿＿＿＿＿＿＿＿＿＿＿＿＿＿＿＿＿＿